ब्रह्मांड के फूफाजी: फ्रॉम जमुई टू जुपिटर

चंदन गुंजन

Made with ♥ on the Notion Press Platform
www.notionpress.com

यह कृति मेरे आराध्य, देवाधिदेव महादेव के चरणों में समर्पित है, जिनकी असीम अनुकंपा और दिव्य प्रेरणा से इस कहानी का सृजन हुआ है। हर हर महादेव!

यह पुस्तक मेरे पूजनीय माता-पिता और पूरे परिवार को समर्पित है, जिन्होंने मेरी कल्पनाओं को पंख दिए। साथ ही उन प्रिय मित्रों और शुभचिंतकों का आभार, जिन्होंने हर कदम पर मेरा हौसला बढ़ाया और मुझे लिखने की प्रेरणा दी।

अंत में, अपनी जन्मभूमि बिहार की माटी को नमन, जिसने दुनिया को 'शून्य' का ज्ञान दिया और मेरे भीतर की इस 'बिहारी रूह' को हमेशा ज़िंदा रखा।

क्रम-सूची

भूमिका

जब भी हम अंतरिक्ष, एलियंस और आधुनिक विज्ञान की बात करते हैं, तो हमारे दिमाग में स्टील जैसे ठंडे शहर, नीली रोशनी वाली प्रयोगशालाएं और फर्राटेदार अंग्रेजी बोलने वाले रोबोटिक किरदार उभरते हैं। हमने सालों से यही देखा है कि अगर कभी कोई परग्रही सभ्यता पृथ्वी पर आएगी, तो वह सीधे न्यूयॉर्क की ऊंची इमारतों या वाशिंगटन की सफेद गलियारों में ही कदम रखेगी। लेकिन, क्या हमारे ब्रह्मांड के नियम इतने सीमित हैं ? क्या किसी दूसरे ग्रह के यात्री को बिहार की सोंधी मिट्टी, गंगा का किनारा और जमुई के खेतों का सुकून नहीं भा सकता ? क्या आपने कभी सोचा है कि अगर गैलेक्सी का सबसे शातिर एलियन न्यूयॉर्क के बजाय बिहार के जमुई जिले के किसी बैंगन के खेत में लैंड कर जाए, तो क्या होगा?

'ब्रह्मांड के फूफाजी: फ्रॉम जमुई टू जुपिटर' की कल्पना इसी सवाल के जवाब से शुरू हुई।

यह किताब महज़ एक साइंस-फिक्शन नहीं है, बल्कि यह एक सांस्कृतिक प्रयोग है, जहाँ दुश्मन को भी लिट्टी-चोखा खिलाकर अपना बना लिया जाता है। यह कहानी किसी 'इंटरगैलेक्टिक वॉर' की नहीं है, बल्कि यह कहानी है बकैती और जुगाड़ की। यह कहानी है उस संघर्ष की, जहाँ दुनिया की सबसे आधुनिक तकनीक का सामना बिहार के ब्लॉक ऑफिस की फाइलों और बिहार के जाम से होता है। इस कहानी का नायक 'झबरू' कोई साधारण एलियन नहीं है। वह एक विजेता के रूप में आया था, जिसके पास ब्रह्मांड को भस्म करने की शक्ति थी। लेकिन उसे यह नहीं पता था कि उसका सामना जमुई के 'मुखिया जी' जैसे कूटनीतिज्ञों और 'चुलबुल' जैसे जुगाड़ू लड़कों से होने वाला है।

इस किताब का नायक, झबरू, जिसे ज़ोग-पुर गैलेक्सी में एक खूंखार कमांडर माना जाता था, वह यहाँ हड़पने के इरादे से आया था। उसका मिशन था- धरती के संसाधनों पर कब्जा। लेकिन उसे क्या पता था कि बिहार में कब्जा करने के लिए पहले कचहरी में एफिडेविट देना

पड़ता है और आधार कार्ड के लिए अंगूठा घिसना पड़ता है। इस सफर में हम देखेंगे कि कैसे एक एलियन, जो हमें गुलाम बनाने आया था, वह सत्तू पीकर और भोजपुरी सीखकर यहाँ का हो जाता है। वह सीखता है कि ब्रह्मांड को जीतने से ज्यादा मुश्किल काम है- 'पंचायत चुनाव' जीतना।

इस भूमिका के माध्यम से मैं पाठकों को उस दुनिया में आमंत्रित करना चाहता हूँ जहाँ लेजर गन का इस्तेमाल मोबाइल चार्ज करने के लिए होता है और स्पेसशिप के इंजन से शादी का पनीर बनाया जाता है। यहाँ 'बाइनरी कोड' और 'भोजपुरी मुहावरे' कंधे से कंधा मिलाकर चलते हैं। यह किताब आपको याद दिलाएगी कि विज्ञान चाहे कितना भी आधुनिक क्यों न हो जाए, मानवीय संवेदनाएं, रिश्तों की मिठास और एक लोटा सत्तू का स्वाद ही वह 'सुपर-फ्यूल' है जो किसी भी दुश्मन का हृदय परिवर्तन कर उसे दोस्त बना सकता है।

जमुई से जुपिटर तक का यह सफर केवल दूरी का सफर नहीं है, बल्कि यह एक हृदय परिवर्तन की यात्रा है। गांव की धूल भरी गलियों से लेकर बाजार के जाम तक, आप देखेंगे कि कैसे एक परग्रही धीरे-धीरे 'बिहारी' रंग में रंगता जाता है। इस किताब को लिखते समय मेरा उद्‌देश्य सिर्फ हँसाना नहीं था, बल्कि यह दिखाना था कि हमारी 'जुगाड़ू' बुद्‌धि और 'मानवीय संवेदनाएं' किसी भी 'आर्टिफिशियल इंटेलिजेंस' से कहीं ज्यादा पावरफुल हैं।

यह भूमिका उन सभी पाठकों के लिए एक प्रवेश द्‌वार है जो अपनी मिट्‌टी से जुड़े रहकर सितारों को छूने का सपना देखते हैं। तैयार हो जाइये एक ऐसी यात्रा के लिए जहाँ हर पन्ने पर रोमांच है, हर संवाद में ठहाका है और हर मोड़ पर बिहार का अनूठा टशन। तो अपनी कुर्सी की पेटी बाँध लीजिये, एक लोटा सत्तू पास में रखिये, और तैयार हो जाइये इस ब्रह्मांडीय यात्रा के लिए। यकीन मानिये, जुपिटर तक पहुँचने में उतना मजा नहीं आएगा, जितना जमुई की गलियों में झबरू के साथ घूमने में आएगा।

दी एनकाउंटर

जब ब्रह्मांड की सबसे आधुनिक तकनीक, बिहार के सबसे धाकड़ 'जुगाड़' से टकराती है, तो युद्ध नहीं होता... बल्कि एक नया इतिहास लिखा जाता है। स्वागत है जमुई के खैरापुर गांव में, जहाँ पहला सामना बंदूकों से नहीं, बल्कि रिश्तों के कूटनीति से होने वाला है।

1

सत्तू और परग्रही

तारीख थी २२ जुलाई २०५०। साल पचास का भारत बदल चुका था, लेकिन बिहार का जमुई जिला अपनी रफ्तार से चल रहा था। जिले में गर्मी इतनी थी कि कौआ भी अपना पंखा साथ लेकर उड़ रहा था। यहाँ की धूप आज भी ऐसी थी कि अगर आप बाहर निकलें, तो आधे घंटे में 'तंदूरी-इंसान' बन जाएँ। चुलबुल, जिसका असली नाम चंद्रभूषण कुमार था लेकिन गाँव वाले उसे 'वाई-फाई चुलबुल' कहते थे क्योंकि वह पूरे गांव का हॉटस्पॉट हैक करके चलाता था, अपने खेत में बैठा था।

चुलबुल अपने खेत की मेड़ पर बैठा, चाँदी की तरह चमचमाते स्टिलिया लोटा में सत्तू घोल रहा था। उसके पास एक पुरानी सोलर प्लेट थी जिसे उसने 'देसी जुगाड़' से एक पुराने इनवर्टर से जोड़ रखा था। वह उस पर अपना 'स्मार्ट गमछा' चार्ज कर रहा था- एक ऐसा गमछा जिसमें पोर्टेबल पंखा, स्कैनर और ब्लूटूथ स्पीकर लगा था। पुरे गाँव में चुलबुल सत्तू घोलने की कला में माहिर था। सत्तू, नमक, हरी मिर्च और थोड़ा सा अचार का मसाला- यह उसका 'रॉकेट फ्यूल' था।

अचानक, आसमान का रंग ऐसा बदला जैसे किसी ने फ़िल्टर लगा दिया हो। दोपहर के सन्नाटे को चीरते हुए आसमान में एक नीली रोशनी चमकी। एक गड़गड़ाहट हुई- जैसे कोई बहुत बड़ा प्रेशर कुकर फटने वाला हो। चुलबुल ने ऊपर देखा और चिल्लाया, "अरे! ई का है बे? बिजली विभाग वाले तार जोड़ रहे हैं क्या?"

लेकिन वह बिजली का तार नहीं था। एक विशालकाय गोला, जो दिखने में बिल्कुल एक उल्टा कड़ाही जैसा था, बादलों को चीरता हुआ सीधे नीचे आया। उसकी गति इतनी तेज थी कि हवा में 'हूँ-हूँ' की आवाज हो रही थी। इससे पहले की वह कुछ समझ पाता, वह गोला सीधा चुलबुल के बैंगन के खेत में उतरा। धड़ाम! की ऐसी आवाज हुई जैसे चुलबुल के ठीक पीछे किसी ने दीवाली का सुतली बम फोड़ दिया हो। चुलबुल का पूरा बदन कांप गया। चुलबुल की आंखों के सामने खेत में हलहलाते कलमदानी बैंगन चटनी में बदल चुके थे।

धुआं छंटा। गोले का एक गेट धीरे से खुला और उसमें से एक अनोखा प्राणी बाहर निकला। उनकी बनावट अजीब थी- कद छोटा, रंग बिल्कुल कच्चे आम जैसा हरा और आंखें ऐसी जैसे किसी ने रसगुल्ले चिपका दिए हों। सिर पर दो एंटीने ऐसे हिल रहे थे जैसे टीवी का पुराना एंटीना सिग्नल पकड़ रहा हो।

उस एलियन ने अपने गले में लगे एक यंत्र को छुआ और उसमें से भारी, रोबोटिक आवाज निकली: "तुच्छ मानव! हम देवयानी आकाशगंगा के ज़ोग-पुर साम्राज्य से आए हैं। हम इस ग्रह के संसाधनों पर कब्जा करने आए हैं। अपने शस्त्र डाल दो और हमारे अधीन हो जाओ! तुम्हारी धरती अब हमारे अधीन है। पूर्ण समर्पण करो! "

चुलबुल ने सत्तू का एक बड़ा घूंट लिया, ग्लास को मेड़ पर रखा और मूंछों पर जमी सत्तू की सफेद लकीर को पोंछते हुए बोला, "अरे महाराज! पहिले ई बताइए कि आप खैरापुर थाना क्षेत्र में बिना परमिशन के कैसे लैंड किए हैं जी? और ई जो मेरा तीन कट्ठा का बैंगन सत्यानाश किए हैं, उसका हरजाना कौन देगा ? ज़ोग देगा कि आप अपनी जेब से दीजिएगा?"

एलियन ठिठक गया। उसने अपने साथी से 'ज़ोगिश' भाषा में पूछा, "यह प्राणी डरा क्यों नहीं और ये हरजाना कौन सा वेपन है? क्या बैंगन इस ग्रह का सबसे घातक हथियार है?"

तभी वहां से मुखिया जी गुजर रहे थे। अपनी पुरानी लाठी ठकठकाते हुए आ पहुंचे। उन्होंने एलियंस को ऐसे देखा जैसे कोई नया वोटर आया हो। उन्होंने खैनी ठोकना बंद किया और चश्मा ठीक करके एलियंस को

देखते हुए कहा, "चुलबुल! ई कौन लोग हैं रे? बहराइच से आए हैं का? इनका रंग काहे इतना डाउन है? "

चुलबुल बोला, "नहीं चाचा, ई लोग परग्रही हैं। कह रहे हैं धरती कब्जा करेंगे।"

मुखिया जी एलियंस के करीब गए। उन्होंने बड़े प्यार से मुख्य एलियन के सिर का एंटीना पकड़ा और उसे सहलाते हुए बोले, " बाबू, धरती कब्जा करने का फॉर्म ब्लॉक में जमा होता है। आज शनिवार है, हाफ-डे है। सोमवार को आइएगा। और सुनिए, ई जो आपका जहाज खड़ा है न, यहाँ गाय चरने आती है। अगर गनपत की गईय को गुस्सा आ गया और उसने एक सींग मार दिया, तो आपका स्पेसशिप सीधा कबाड़ी की दुकान पर किलो के भाव बिकेगा।"

मुखिया जी खैरा पंचायत के पिछले बीस वर्षों से निर्विरोध बादशाह हैं। उनका असली नाम रामभरोसे सिंह है, और सच में पूरी पंचायत उन्हीं के भरोसे चलती है। वे शुद्ध देसी राजनीति के वो खिलाड़ी हैं जो शतरंज की बिसात बिछाने से पहले सामने वाले की चाल भाँप लेते हैं।

मुखिया जी की पहचान उनका धवल श्वेत कुर्ता और कंधे पर हमेशा रहने वाला पीला गमछा है। उनके पास एक पुरानी लाठी है, जिसे वे सहारा लेने के लिए कम और अपनी बात में वजन डालने के लिए जमीन पर ज्यादा ठोकते हैं। उनके चेहरे पर हमेशा एक रहस्यमयी मुस्कान रहती है, जैसे उन्हें पता हो कि ब्रह्मांड के किस कोने में क्या कांड हो रहा है। मुखिया जी की असली ताकत उनकी खैनी बनाने की कला में है। जब वे हथेली पर चूना रगड़ते हैं, तो समझिये कोई बड़ी योजना बन रही है। गांव के लोग कहते हैं - "मुखिया जी खैनी बाद में ठोकते हैं, पहले सामने वाले का गुरूर ठोक देते हैं।"

एलियन ने अपनी लेजर गन हवा में लहराई, "हटो! मैं इस गांव को भस्म कर दूँगा!"

चुलबुल: "अरे चुप रहिए न महाराज! यहाँ तीन दिन से ट्रांसफार्मर फूंका हुआ है, शांति से बैठिए, बेमतलब माथा का वोल्टेज मत बढ़ाइए।"

मुखिया जी मुस्कुराए और बोले, "अरे बाबू, भस्म क्या करिएगा? ई सब लेजर-वेजर का धौंस मत दिखाइए। यहाँ बिजली विभाग वाले बिना

लेजर के ही छह महीना अंधेरा रखते हैं, हम लोग को आदत है। यहाँ सड़क पहले से ही खुदी हुई है, बिजली है नहीं और पानी आता नहीं है। आप क्या बिगाड़ लीजिएगा? उससे अच्छा है कि ई गन से हमारी सोलर प्लेट चार्ज कर दीजिए। कल से चुलबुल का मोबाइल चार्ज नहीं हुआ है।"

एलियन हैरान था। उसने अपनी पूरी लाइफ में कई गैलेक्सी लूटी थीं, लेकिन ऐसी बेइज्जती उसकी कभी नहीं हुई थी। उसने अपने जहाज के कंप्यूटर से पूछा, "ये लोग किस धातु के बने हैं?" कंप्यूटर ने जवाब दिया: "सावधान! ये लोग जुगाड़-तत्व से बने हैं। इनकी बुद्धि बाइनरी से नहीं, बल्कि तर्क और खैनी से चलती है।

"...मुखिया जी की बात सुनकर झबरू का 'प्रोसेसर' चकरा गया। उसने सोचा था कि धरती पर कदम रखते ही कोहराम मच जाएगा, पर यहाँ तो लोग उसे बिजली विभाग का विकल्प मान रहे थे। झबरू ने हार मानकर अपना यान वहीं खैरा गांव की मेड़ पर पार्क कर दिया। उस रात जमुई के आसमान में तारे कम चमक रहे थे, पर झबरू के यान की नीली रोशनी ने पूरे गांव की नींद उड़ा दी थी। सुबह जब सूरज की पहली किरण जमुई की पहाड़ियों पर पड़ी, तो खैरा गांव का नजारा ही कुछ और था।"

2

एलियन बाबू, का हाल चाल?

सूरज की गर्मी के साथ-साथ गांव वालों का कौतूहल भी बढ़ता जा रहा था। एलियंस का बॉस, जिसका नाम अब गांव वालों ने प्यार से 'झबरू' रख दिया था, बहुत परेशान था। उसके जहाज का फ्यूल सेल ज़ोग-पुर की एनर्जी के बिना ठंडा पड़ रहा था।

झबरू रोबोटिक आवाज में बोला, "चुलबुल, अगर ऊर्जा नहीं मिली तो हम कभी वापस नहीं जा पाएंगे। हमें प्लूटोनियम चाहिए!"

चुलबुल ने अपने गमछे को माथे पर लपेटते हुए कहा, "अरे झबरू भाई, प्लूटोनियम तो यहाँ नहीं मिलेगा, लेकिन 'भैंस का उपला' बहुत है। गोबर गैस ट्राई करियेगा? इसका मीथेन इसको एकदम हाई-वोल्टेज करंट देता है!"

झबरू के साथी ने अपने सेंसर घुमाए और हैरानी से पूछा, "गोबर? क्या यह इस ग्रह का कोई नेचुरल फ्यूल है?"

चुलबुल ने झबरू की लेज़र गन को गोबर गैस प्लांट की नली से जुगाड़ लगाकर जोड़ दिया। जैसे ही गैस का प्रेशर बढ़ा, गन के भीतर एक अजीब सी गूँज होने लगी। दरअसल, एलियन गन की विनाशकारी एटॉमिक ऊर्जा, खैरा गांव की शुद्‌ध मीथेन गैस के संपर्क में आते ही न्यूट्रलाइज हो गई थी। गन का विनाशकारी चैंबर अब एक 'सुपर-फास्ट

ऑर्गेनिक चार्जर' बन चुका था। झबरू ने जैसे ही ट्रिगर दबाया, गन से विनाशकारी किरण निकलने के बजाय चटक हरे रंग की 'ग्रोथ लाइट' निकलने लगी। यह कोई मामूली रोशनी नहीं थी, बल्कि ब्रह्मांडीय तकनीक और देसी गोबर गैस के मिलन से पैदा हुई शुद्ध जीवनदायिनी ऊर्जा थी।

चुलबुल ने वह रोशनी अपने सूखे हुए बैंगन के पौधों पर मारी। देखते ही देखते पौधे ऐसे सीधे खड़े हो गए जैसे उन्हें ग्लूकोन-डी मिल गया हो। चुलबुल चिल्लाया, "अरे मुखिया चचा! ई गन ने तो कमाल ही कर दिया! ई गोली नहीं मार रही, बल्कि मुरझाए हुए पौधों को बिजली वाला झटका देकर जिंदा कर रही है। लगता है अब जमुई का हर खेत बिना खाद के ही लहलहाएगा!"

झबरू का यान और उसका लेज़र-गन आसपास के गांवों में कौतुहल का विषय बन चूका था। हर गली-मोहल्ले, नुक्कड़ों पर चर्चा का मुख्य केंद्र झबरू ही था। कल जहाँ बैंगन की खेती होती थी, आज वहाँ अंतरिक्ष मेला जैसा लग गया था। एलियंस का चांदी जैसा चमकता जहाज अब गांव के बच्चों के लिए फिसलन-पट्टी बन चुका था। मुखिया जी ने जहाज के पास एक चौकी डलवा दी थी और गमछा बिछाकर बैठ गए थे।

एलियन अपने यान के बाहर खड़ा होकर अपने सिर के एंटीना को पागलों की तरह घुमा रहा था। वह अपने ग्रह ज़ोग-पुर को सिग्नल भेजने की कोशिश कर रहा था।

तभी मुखिया जी ने खैनी ठोकते हुए आवाज लगाई, "अरे! का हो एलियन बाबू, का हाल-चाल ह? रात में नींद ठीक से आई न? मच्छर तो नहीं न काटा ?"

झबरू ने अपना ट्रांसलेटर चालू किया और रोबोटिक आवाज में बोला, "मुखिया जी! मच्छर नामक जीव ने हमारे सुरक्षा कवच में सेंध लगा दी है। उन्होंने मेरा आधा लीटर खून पी लिया है।"

चुलबुल, जो पास में ही अपने पुराने महिंद्रा ट्रैक्टर का नट-बोल्ट कस रहा था, हंसते हुए बोला, "अरे झबरू भाई, यहाँ के मच्छरों को डराने के लिए लेजर गन नहीं, कछुआ छाप अगरबत्ती चाहिए। आइये बैठिए, सत्तू पीजिए और दिमाग ठंडा रखिए।"

तभी मुखिया जी ने एक लंबा फॉर्म झबरू की तरफ बढ़ाया। "यह क्या है ?" झबरू ने पूछा।

मुखिया जी बोले, "ई 'परग्रही पंजीकरण फॉर्म' है। देखिए बाबू, आप आए हैं दूसरे गोला से, लेकिन जमीन तो बिहार की है न? नियम से ही चलना होगा। पहिले अपना पूरा नाम लिखिए- झबरू लाल, पिता का नाम, निवासी- आकाशगंगा, किस वार्ड नंबर से हो"

झबरू हैरान था, "हम यहाँ इस धरती पर विजय प्राप्त करने आए थे, और ये हमें वार्ड नंबर में उलझा रहे हैं ?"

इसी बीच चुलबुल एक बड़ा सा तार लेकर आया और झबरू की लेजर गन में फंसाने लगा। झबरू चिल्लाया, "सावधान! यह संहारक अस्त्र है! इसे छूने से तुम्हारी कोशिकाएं भस्म हो जाएंगी!"

चुलबुल ने अनसुना कर दिया, "अरे महाराज! आपके इस गन में लिथियम आयन वाला बैटरी लगा है, हम सब जान गए हैं। हमारे पास बिजली नहीं है और आपका गन फुल चार्ज है। हम बस एक छोटा सा बायपास कर रहे हैं।"

अगले ही पल, चुलबुल ने जुगाड़ लगाया। उसने लेजर गन के नोजल को सीधे ट्रैक्टर के लोहे के भारी चेसिस से सटा दिया और उसका दूसरा सिर्फ़ एक तार ट्रैक्टर की पुरानी बैटरी के 'पॉजिटिव टर्मिनल' से जोड़ दिया। जैसे ही झबरू ने विरोध करने के लिए बटन दबाया, गन से कोई विनाशकारी गोली नहीं निकली। इसके बजाय, गन के भीतर की 'एंटी-ग्रेविटी तरंगें' लोहे के जरिए पूरे ट्रैक्टर की बॉडी में फैल गईं।

नतीजा यह हुआ कि ट्रैक्टर का इंजन 'धुक-धुक' की जगह 'ज़ूँ-ज़ूँ' करके स्टार्ट हो गया और देखते ही देखते, पूरा भारी-भरकम ट्रैक्टर मैग्नेटिक प्रेशर की वजह से जमीन से दो फीट ऊपर हवा में उठ गया!

गांव वाले तालियां पीटने लगे। मुखिया जी गदगद हो गए, "अरे वाह! चुलबुलवा तो कमाल कर दिया। अब ई ट्रैक्टर कीचड़ में नहीं फंसेगा। झबरू बाबू, आपकी गन तो बड़ी काम की चीज है। इससे तो हम पूरे जिले का धान कटवा देंगे!"

झबरू का सिर चकराने लगा। उसने अपने साथी एलियन से कहा, "ये लोग खतरनाक हैं। इन्होंने हमारे विनाशक अस्त्र को खेती का औजार

बना दिया। इनके पास क्वांटम फिजिक्स नहीं है, इनके पास देसी जुगाड़ है!"

तभी थाना का दरोगा अपनी जीप से वहां पहुँचा। दरोगा जी ने यान को देखा और फिर झबरू को। "हम्म... बिना हेलमेट के उड़ रहे थे? और ई गाड़ी का नंबर प्लेट कहाँ है? और ई जो हरा रंग का पेंट लगाए हैं जी, इसका परमिट है?"

झबरू ने अपना सिर पकड़ लिया और अपने आप से कहा , "हे महान निर्माता! मुझे वापस ले चलो!"

मुखिया जी ने दरोगा के कंधे पर हाथ रखा, "अरे छोड़िए न दरोगा जी, मेहमान हैं। अभी इनका आधार कार्ड बन रहा है। झबरू बाबू, मुस्कुराइए! अब आप बिहार के निवासी होने वाले हैं। कल सुबह आपको खैरापुर ब्लॉक ले चलेंगे, वहाँ के बाबू को थोड़ा 'ठंडा-पानी' पिलाइएगा, तो आपका स्पेसशिप भी पास हो जाएगा।"

झबरू ने पहले मुखिया जी को देखा, फिर दरोगा की लाठी को। उसका गैलेक्टिक कमांडर वाला सारा गुरूर हवा हो चुका था।

चुलबुल ने झबरू के एंटीना को सहलाते हुए मज़ाकिया अंदाज़ में कहा, "सुनिए झबरू भाई! अगर कल सुबह ब्लॉक ऑफिस के बड़े बाबू के सामने इस 'कच्चे आम' जैसे हरे बदन और इस अजीब अंतरिक्ष वाले सूट में गए न, तो वो बिना पूछे ही आपको जेल भेज देंगे। वहाँ जाना है, तो पहले पूरी तरह 'आदमी' लगना पड़ेगा!"

झबरू ने हार मानकर अपना सिर पकड़ लिया।

उस रात खैरा गांव में झबरू का 'ऑपरेशन मेकओवर' शुरू हुआ। चुलबुल ने मुखिया जी का एक पुराना कड़क सफेद कुर्ता निकाला, झबरू को पहनाया और गले में पीला गमछा लपेट दिया। मुखिया जी ने खुश होकर अपने आंगन के गेंदे के ताजे फूलों की एक भारी माला झबरू के दोनों एंटीना पर टांग दी।

झबरू ने शीशे में खुद को देखा, उसका 'इन्वेडर' वाला सॉफ्टवेयर पूरी तरह क्रैश हो चुका था। उसने आसमान में अपने ग्रह 'ज़ोग-पुर' की तरफ देखा और बुदबुदाया: "ज़ोग-पुर वालों को मैसेज भेज दो... मिशन ऑन होल्ड! धरती पर कब्जा बाद में होगा, पहले मुझे सुबह कुर्ता पहनकर

खैरापुर ब्लॉक में लाइन लगानी है। हे भगवान, बस मेरा आधार कार्ड रिजेक्ट मत होने देना!"

चुलबुल ने हंसते हुए ट्रैक्टर का हैंडल पकड़ा और बोला, "अब लग रहे हैं आप असली फूफाजी! चलिए, कल सुबह ब्लॉक ऑफिस में धमाका करना है।"

3

ब्लॉक ऑफिस और ब्लैक होल

सुबह के साढ़े दस बज रहे थे। खैरापुर के ब्लॉक ऑफिस के बाहर भारी भीड़ थी, लेकिन आज सब लोग अपना राशन कार्ड भूलकर एक टक उस नज़ारे को देख रहे थे जो इतिहास में पहले कभी नहीं हुआ था।

चुलबुल ने झबरू को अपने 'एंटी-ग्रेविटी ट्रैक्टर' पर बिठाया था। झबरू ने एक सफेद कुर्ता और गले में पीला गमछा डाल रखा था ताकि वह थोड़ा इंसान टाइप लगे। उसके एंटीना पर मुखिया जी ने फूल वाली माला टांग दी थी।

"झबरू भाई, घबराइए मत। बस मुस्कुराते रहिए और हाथ जोड़िए," चुलबुल ने सलाह दी।

जैसे ही वे ब्लॉक ऑफिस के अंदर घुसे, सामने बड़े बाबू बैठे थे, जो फाइल पर चाय का दाग बचाते हुए समोसा खा रहे थे। उन्होंने चश्मा नाक पर टिकाया और झबरू को ऊपर से नीचे तक देखा।

"ई क्या है चुलबुल? सर्कस से पकड़कर लाए हो क्या ?" बड़े बाबू ने पूछा।

मुखिया जी आगे बढ़े, "अरे नहीं बाबू साहब, ई स्पेशल गेस्ट हैं। ऊपर से आए हैं। इनका रजिस्ट्रेशन करना है और इनके यान का फिटनेस सर्टिफिकेट बनवाना है।"

बड़े बाबू ने एक लंबी डकार ली और बोले, "ऊपर मतलब कहाँ ? स्वर्ग से आए हैं का ? अगर स्वर्ग से आए हैं तो मृत्यु प्रमाण-पत्र दिखाइए, और अगर दूसरे देश से हैं तो पासपोर्ट लाइए।"

झबरू ने अपना डिजिटल पैड निकाला और हवा में एक 3D होलोग्राम प्रोजेक्ट किया जिसमें पूरी गैलेक्सी नाच रही थी। "मैं ज़ोग-पुर के चौथे सूर्य के तीसरे ग्रह का वासी हूँ। मेरा यान प्रकाश की गति से चलता है!"

बड़े बाबू ने बिना प्रभावित हुए कहा, "ए बाबू, ई सब लाइट वाला खेल बंद करिए। जब यहाँ बिजली नहीं रहती है तो हम लोग दिन भर यही देखते हैं। सीधी बात समझिए- बिना एड्रेस प्रूफ के हम चिड़ियाघर का पास नहीं बनाते हैं, तो एलियन का आईडी कार्ड कहाँ से बनाएंगे जी? और, ऊपर से ई पूरे देश में 'विशेष गहन पुनरीक्षण' चल रहा है, पूरा देश कतार में है... और आप... मुझे जेल भिजवाने का इरादा है क्या? बिजली का बिल है? "

झबरू गुस्से में लाल (यानी और गहरा हरा) हो गया। "मेरे पास बिजली का बिल नहीं है! मैं ब्लैक होल से ऊर्जा लेता हूँ!"

बड़े बाबू ने फाइल पटक दी, "ब्लैक होल? ई कौन सा नया घोटाला है? सुनिए मुखियाजी, इनको बोलिए कि पहले कचहरी से एफिडेविट बनवा के लाएं कि 'मैं एलियन हूँ और मेरा इस धरती पर कोई आपराधिक रिकॉर्ड नहीं है'।"

चुलबुल ने झबरू को खींचकर बाहर निकाला। "झबरू भाई, यहाँ का सिस्टम बहुत टाइट है। चलिए आपको दूसरे रास्ते से ले चलते हैं।"

वे ब्लॉक के पीछे गोबर गैस प्लांट के पास पहुँचे। चुलबुल ने झबरू के हाथ में एक पुरानी केबल पकड़ा दी। "देखिए, आपका जहाज तो चार्ज नहीं हो रहा, लेकिन अगर आप अपनी 'लेजर आँखों' से इस गोबर गैस टैंक को थोड़ा हीट दे दें, तो पूरे गांव की बत्ती जल जाएगी। बदले में, हम लोग आपका नाम 'प्रधानमंत्री आवास योजना' में डलवा देंगे।"

झबरू को लगा कि शायद यही उसकी नियति है। उसने अपनी आँखों से एक पतली नीली लेजर निकाली और गोबर गैस टैंक की तरफ छोड़ी। अचानक, पूरे गांव के बल्ब ऐसे चमके जैसे दिवाली हो। लोग चिल्लाने लगे, "बिजली आ गई! बिजली आ गई!"

जैसे ही नीली लेज़र उस जैविक गैस से टकराई, एक ज़बरदस्त वैज्ञानिक रिएक्शन हुआ। लेज़र की विनाशकारी ऊर्जा गोबर गैस के प्रेशर से मिलकर पूरी तरह बदल गई। अचानक, पूरे प्लांट से एक चटक हरे रंग की रोशनी फूट पड़ी! यह जादुई हरी रोशनी सीधे गाँव के ट्रांसफार्मर से जाकर टकराई।अचानक, पूरे गाँव के बल्ब ऐसे चमके जैसे दिवाली हो। लोग चिल्लाने लगे, "बिजली आ गई! बिजली आ गई!"

तभी गांव का सबसे बड़ा शरारती लड़का, गोलू, दौड़ता हुआ आया। "चुलबुल भैया! गजब हो गया! झबरू चाचा की लेजर से जो बिजली निकली है, उससे मेरा मोबाइल 1 सेकंड में 100% चार्ज हो गया!"

झबरू ने अपना सिर थाम लिया। उसने सोचा था कि वह इंसानों को गुलाम बनाएगा, लेकिन यहाँ तो उसे 'सुपर-फास्ट मोबाइल चार्जर' और 'जनरेटर' बना दिया गया था।

तभी मुखिया जी के फोन पर एक कॉल आया। उनका चेहरा गंभीर हो गया। "चुलबुल! अनर्थ हो गया! जिले से जांच टीम आ रही है। किसी ने खबर कर दी है कि खैरापुर गांव में एक अवैध विदेशी बिना वीजा के सोलर प्लेट चोरी कर रहा है!"

उन्होंने हाँफते हुए कहा, "चुलबुल! अनर्थ हो गया रे भाई! जिला मुख्यालय से भारी-भरकम जांच टीम सीधे खैरापुर गांव के लिए कूच कर चुकी है। किसी लंपट ने ऊपर खबर कर दी है कि अपने गांव में एक अवैध विदेशी, बिना पासपोर्ट-वीजा के, खेतों से सोलर प्लेट उखाड़कर चोरी कर रहा है!"

यह सुनते ही झबरू का एंटीना किसी कांपते हुए बिजली के खंभे की तरह थरथराने लगा। वह रोनी आवाज़ में बोला, "विदेशी? अरे, मैं कोई अमेरिकी या जापानी थोड़े ही हूँ... मैं तो शुद्ध परग्रही हूँ! ज़ोग-पुर गैलेक्सी का... !"

"चुप रहिए! वहाँ जांच टीम में कोई गैलेक्सी का इंस्पेक्टर नहीं आ रहा है!" मुखिया जी ने चिल्लाते हुए झबरू के ऊपर सत्तू की एक पुरानी, फटी हुई बोरी दे मारी।

उन्होंने झबरू को डांटते हुए कहा, "अब से कान खोलकर सुन लीजिए! आप कोई एलियन-वेलियन नहीं हैं। आज से आप मेरे साले के

वही लड़के हैं, जो बचपन में खो गए थे। और अगर कोई पूछे कि आपका रंग इतना चटक हरा क्यों है और सिर पर सींग क्यों निकले हैं... तो सीधे बोल दीजिएगा कि बहुत ज्यादा 'नीम का कड़वा जूस' पीने की वजह से रिएक्शन हो गया है! चलिए, बिना बहस किए इस बोरी के अंदर घुसिए और जल्दी छुपिए!"

4

नीम का जूस

जांच टीम के आने की खबर खैरापुर गांव में किसी चक्रवाती तूफ़ान की तरह फैली थी। ब्लॉक ऑफिस के बाहर खड़ी मुन्शी जी की बकरी भी इस अफ़रा-तफ़री को देखकर डर के मारे दो कदम पीछे हट गई थी। मुखिया जी का फोन अभी भी उनके कान से सटा था। दूसरी तरफ़ से आ रही आवाज़ को सुनकर उनका चेहरा अचानक इतना गंभीर हो गया, जैसे किसी ने उनके खेत के सारे बैंगन एक साथ चुरा लिए हों। उन्होंने हाँफते हुए और ज़ोर से चिल्लाकर कहा, "चुलबुल! जिला मुख्यालय से नीली बत्ती वाली गाड़ियों का पूरा काफ़िला सीधे खैरापुर गांव के लिए कूच कर चुका है!"

जांच टीम की नीली बत्ती वाली जीप धूल उड़ाते हुए ब्लॉक ऑफिस की तरफ बढ़ रही थी। जीप के बोनट पर **'भारत सरकार'** बड़े-बड़े अक्षरों में लिखा था। चुलबुल ने जैसे ही धूल का गुबार देखा, उसके हाथ-पांव फूल गए।

"झबरू भाई! जल्दी करिए, वरना ये लोग आपको पकड़ के म्यूजियम में रख देंगे और दिन भर लोग आपको दस टका का टिकट कटा के देखेंगे!" चुलबुल ने झबरू को पकड़ कर एक पुरानी झोपड़ी के पीछे खींचा।

मुखिया जी ने तुरंत एक योजना बनाई। उन्होंने झबरू को एक पुराना मैला कुर्ता पहनाया, सिर पर गमछा बांधा जिससे उसके दोनों एंटीने ढक

गए और आँखों पर एक काला चश्मा चढ़ा दिया।

"अरे मुखिया जी, ई अभी भी हरा दिख रहा है!" चुलबुल चिल्लाया।

मुखिया जी ने पास पड़े गाय के उपले की राख उठाई और झबरू के चेहरे पर मल दी। "अब ठीक है। अब ई एलियन नहीं, बल्कि बुखार से तप रहा बीमार आदमी लग रहा है। और झबरू बाबू, जब वो लोग आएँ तो एक भी शब्द अंग्रेजी या अपनी 'पां-पीं' वाली भाषा मत बोलिएगा। बस मुंडी हिलाइएगा।"

झबरू ने घबराकर पूछा, "लेकिन अगर उन्होंने मुझसे कुछ पूछा तो?"

चुलबुल ने उसे एक ज़ोरदार प्यार वाला थप्पड़ पीठ पर मारा, "यही तो दिक्कत है! आपकी आवाज रोबोट जैसी है। आपको भोजपुरी सीखनी होगी, वो भी अगले 5 मिनट में। सुनिए, 'यस' मत बोलिएगा, बोलिएगा- 'हँ-रे भाय'। और अगर वो पूछें कैसे हो, तो बोलिएगा- 'एकदम गर्दा उड़ा देले बानी'!"

झबरू ने अपनी मेमोरी चिप में डेटा स्टोर किया, "एक-दम... गर-दा... उड़ा... दे-ले... बा-नी। चुलबुल, क्या इस मंत्र से वे हमें छोड़ देंगे?"

तभी जांच टीम के ऑफिसर पाण्डेय जी झोपड़ी के पास पहुँचे। पाण्डेय जी सख्त आदमी थे, उनकी मूंछें ऐसी थीं कि उन पर दो चिड़ियाँ आराम से बैठ सकें। "मुखिया जी! खबर मिली है कि यहाँ कोई हरा रंग का प्राणी अवैध रूप से रह रहा है जो बिना लाइसेंस के बिजली पैदा कर रहा है। कहाँ है वो?"

मुखिया जी ने दांत निपोरते हुए कहा, "अरे साहब, हरा प्राणी? आप भी मज़ाक करते हैं। ई देखिए, मेरा भतीजा है, झबरू लाल। बेचारे को पीलिया हो गया है, इसीलिए थोड़ा रंग उड़ा हुआ है। तीन दिन से नीम का जूस पी रहा है।"

पाण्डेय जी झबरू के पास गए। झबरू का एंटीना साफे के अंदर खुजली कर रहा था, लेकिन उसने खुद को रोका।

पाण्डेय जी ने झबरू की आँखों में झाँका, "का हो बाबू? नाम क्या है तुम्हारा?"

झबरू ने चुलबुल की तरफ देखा, चुलबुल ने इशारा किया। झबरू ने अपनी रोबोटिक आवाज को थोड़ा दबाया और बोला, "का हाल बा साहब?

हमार नाम झबरू लाल बा... और हम एकदम 'गर-दा' उड़ा देले बानी!"

पाण्डेय जी चौंके, "अरे! इसकी आवाज ऐसी काहे है? जैसे कोई मिक्सी चल रही हो?"

चुलबुल तुरंत बात काटते हुए बोला, "अरे साहब, नीम का जूस ज्यादा पी लिया है न, गला बैठ गया है। और बचपन में इसके गले में एक सिक्का फंस गया था, तब से इसकी आवाज ऐसी ही डिजिटल टाइप हो गई है।"

पाण्डेय जी को शक हुआ। उन्होंने झबरू के हाथ की तरफ हाथ बढ़ाया, "जरा नाड़ी तो चेक करने दो।"

जैसे ही पाण्डेय जी ने झबरू की कलाई पकड़ी, उन्हें एक ज़ोर का बिजली का झटका लगा। "आह! ई का है? तुम्हारे शरीर में करंट काहे दौड़ रहा है?"

झबरू को लगा कि अब पोल खुल जाएगी। उसने अपनी पूरी भोजपुरी शक्ति लगा दी और चिल्लाया, "अरे साहब! ई करंट नाहीं, ई प्रेम बा! हमार दिल तोहरा के देख के धुक-धुक नहीं, शॉर्ट-सर्किट कर रहल बा। बैठिए, सत्तू पीजिए और खैनी लगाइए!"

पाण्डेय जी झबरू की ठेठ भाषा सुनकर थोड़ा पिघल गए। "लगता तो गांव का ही है। लेकिन ये चश्मा काहे लगाए हो?"

झबरू बोला, "अरे साहब, अंखियां लाल बा... का बताएं, रात भर मोबाइल पर भोजपुरी गाना देखनी है, एहे खातिर चश्मा चढैले बानी। काहें से कि... 'जिय हो बिहार के लाला'!"

मुखिया जी ने राहत की सांस ली। पाण्डेय जी ने अपनी डायरी में लिखा- 'कोई एलियन नहीं मिला, बस एक पीलिया का मरीज मिला है जो बहुत ज्यादा भोजपुरी गाने सुनता है।'

जैसे ही जीप गई, झबरू ने अपना साफा फेंका और हाफते हुए बोला, "चुलबुल! ये भोजपुरी भाषा तो मेरे 'प्लाज्मा वेपन' से भी ज्यादा पावरफुल है। पाण्डेय जी का तो सिस्टम ही हैंग हो गया!"

चुलबुल हंसते हुए बोला, "झबरू भाई, अभी तो आपने सिर्फ शुरुआत की है। शाम को आपको लिट्टी-चोखा खिलाएंगे, उसके बाद तो आप अपनी गैलेक्सी भूलकर यहीं से पंचायत चुनाव का पर्चा भर दीजिएगा!"

झबरू ने अपना एंटीना सीधा किया और गर्व से बोला, "हँ-रे भाई! अब हम ज़ोग-पुर के झबरू नहीं, जमुई के झबरू लाल बानी। का हाल बा!"

5

लेजर गन बनाम कट्टा

शाम का वक्त था। बरगद के पेड़ के नीचे आग सुलगी हुई थी। चुलबुल और मुखिया जी ने झबरू के सम्मान में एक 'गैलेक्टिक दावत' रखी थी। मेन्यू में था- गोइठे की आंच पर सिका हुआ लिट्टी, आलू-बैंगन का चोखा और ढेर सारा घी। स्पेशली मुखिया जी ने अपनी भैंसिया के दूध में जगदीशपुर वाले कतरनी चावल का खीर बनवाया था, जो उनकी तरफ से एज़-ए-डेजर्ट था।

झबरू अपनी तीन उंगलियों से लिट्टी को ऐसे देख रहा था जैसे वो कोई खतरनाक बम हो। "चुलबुल, क्या यह पत्थर खाने योग्य है? मेरे सेंसर बता रहे हैं कि यह बहुत सख्त है।"

चुलबुल ने लिट्टी को बीच से तोड़ा और उसे घी की कटोरी में डुबोते हुए बोला, "अरे झबरू भाई, ई पत्थर नहीं, ई 'बिहार का पावर' है। एक बार पेट में गया तो आपके अंदर का सारा सॉफ्टवेयर अपडेट हो जाएगा। खाइए!"

झबरू ने जैसे ही लिट्टी का पहला टुकड़ा मुंह में डाला, उसके दोनों एंटीने ३६० डिग्री पर घूमने लगे। उसके गले से 'बीप-बीप' की आवाज आने लगी। "ओह! यह स्वाद... यह तो ज़ोग-पुर की नीली घास से भी बेहतर है! इसमें कौन सा केमिकल डाला है?"

"केमिकल नहीं बाबू, इसमें शुद्ध सत्तू और जमुई का प्यार है," मुखिया जी ने मुस्कुराते हुए कहा।

अभी पार्टी चल ही रही थी कि गांव का सबसे बड़ा बदमाश खूंखार सिंह अपने दो गुंडों के साथ वहां आ धमका। खूंखार सिंह को खबर मिली थी कि मुखिया जी के पास कोई 'सोने की मशीन' आई है।

"ऐ मुखिया! सुना है कोई विदेशी मशीन मिली है? चुपचाप हमारे हवाले कर दो, वरना..." खूंखार सिंह ने अपनी कमर से एक पुराना, जंग लगा हुआ 'देसी कट्टा' निकाला और हवा में लहराया।

जमुई के अपराध जगत में- या यूँ कहें कि खैरापुर की गलियों में, खूंखार सिंह का नाम बड़े अदब से लिया जाता था। वैसे तो उनका असली नाम 'बलिहारी' था, लेकिन उनके चेहरे पर एक ऐसी खतरनाक मूंछ थी जो हर दस मिनट बाद गुरुत्वाकर्षण की वजह से नीचे झुक जाती थी, जिसे वे बार-बार थूक लगाकर ऊपर चढ़ाते थे।

दरअसल, उसके बलिहारी से खूंखार बनने की कहानी भी कम दिलचस्प नहीं है। लेकिन, इसके पीछे कोई गैंग-वॉर नहीं, बल्कि एक बड़ी मज़ेदार घटना थी। पाँच साल पहले, एक शादी में मिठाई कम पड़ गई थी। बलिहारी ने गुस्से में हलवाई के सामने अपनी जंग लगी देसी कट्टा निकाल ली और दहाड़ कर कहा- "अगर अभी गरमा-गरम जलेबी नहीं मिली, तो हम यहीं अपना सर फोड़ लेंगे!"

हलवाई ने इमरती तो दी ही, साथ में डर के मारे चिल्लाया- "अरे बाप रे! ई आदमी तो बड़ा 'खूंखार' है, अपनी ही जान लेने पर तुला है!" बस, उसी दिन से बलिहारी, 'खूंखार सिंह' बन गए। हालांकि, उनके कट्टे ने आज तक बारूद से ज्यादा धुआँ छोड़ा था, पर उनकी दहशत ऐसी थी कि उनके आते ही कुत्ते भी भौंकना भूलकर नमस्ते की मुद्रा में बैठ जाते थे।

खूंखार सिंह झबरू की छाती पर अपना कट्टा टिकाते बड़े रौब से बोला, "ऐ हरे बैंगन! सुना है तुम्हारे पास कोई लेजर वाली बंदूक है? दिखाओ हमको, वरना इसी कट्टे से तुमको चोखा बना देंगे!"

झबरू का एंटीना डर से थरथराने लगा। उसने अपने कंप्यूटर से पूछा- "सिस्टम, क्या इस आदिम हथियार में परमाणु शक्ति है?"

कंप्यूटर ने जवाब दिया, "सावधान! इस हथियार में परमाणु शक्ति नहीं, जंग है। अगर इसकी गोली नहीं भी लगी, तो भी आपकी टिटनेस से मौत पक्की है!"

झबरू ने तुरंत अपने हाथ ऊपर कर दिए और बोला, "खूंखार बाबू! आप तो ब्लैक होल से भी ज्यादा डरावने हैं महाराज।

ब्लैकहोल के कम्पेरिजन से आअत्म्मुग्ध हुआ खूंखार सिंह के चेहरे पर थोड़ी मुस्कान उभरी। झबरू थोडा डरते-डरते खडा हुआ और साहस कर बोला, " खूंखार बाबू! आप एक धातु के टुकड़े से मुझे डरा रहे हैं? लेकिन अब हम आपको अपना पराक्रम दिखाते हैं !" झबरू ने अपनी कमर से 'ज़ोगिश लेजर गन' निकाली। गन नीली रोशनी से जगमगा रही थी और उसमें से 'हूँ-हूँ' की हाई-टेक आवाज आ रही थी।

झबरू चिल्लाया, "यह लेजर गन एक सेकंड में तुम्हारी परमाणु संरचना को नष्ट कर सकती है!"

खूंखार सिंह ने कट्टे को हिलाया और ठहाका मार कर कहा, "अबे ओए हरे बैंगन! ई खिलौना कहीं और दिखाना। ई देखो 'देसी कट्टा', प्योर मुंगेर का माल है, कड़क हाथों से कसा हुआ। इसमें जब गोली फंसती है न, तो चलाने वाले को भी नहीं पता होता कि गोली आगे से निकलेगी या पीछे से फटेगी। ई अनिश्चितता के सिद्धांत पर चलता है बेटा! "

झबरू ने पूरे टशन में अपनी लेजर गन का ट्रिगर दबाया। उसे लगा था कि एक नीली विनाशकारी किरण निकलेगी और खूंखार सिंह को धुआँ बना देगी। लेकिन तभी एक ज़बरदस्त गड़बड़ हो गई। चूंकि चुलबुल ने गन को 'गोबर गैस' की पाइप और 'ट्रैक्टर की पुरानी बैटरी' से बायपास कर रखा था, गन के भीतर एक अजीब सा 'शॉर्ट-सर्किट' हुआ।

गन का 'हीटिंग चैंबर' अचानक 500 डिग्री तक गर्म हो गया। बगल में ही हलवाई ने कड़ाही चढ़ाने के लिए 'बेसन के घोल' एक प्लास्टिक की बाल्टी में रखा था। गन के प्रेशर ने उस घोल को अपनी ओर खींच लिया और सुपर-हीटेड लेजर चैंबर ने उसे एक माइक्रोसेकंड में कुक कर दिया।

नतीजा यह हुआ कि गन से लेजर बीम निकलने के बजाय... गरमा-गरम, चटक लाल बेसन के पकौड़े 'प्रोजेक्टाइल मिसाइल' की तरह बाहर

निकलने लगे!

'पुच-पुच-पुच!' खूंखार सिंह अभी अपना कट्टा सीधा कर ही रहा था कि चार गरमा-गरम पकौड़े रॉकेट की रफ़्तार से आकर उसके चेहरे और मूँछों पर चिपके। खूंखार सिंह हड़बड़ा कर पीछे गिरा, उसे लगा कि कोई नया परमाणु हमला हुआ है।

झबरू हक्का-बक्का रह गया, "चुलबुल! मेरा वेपन 'फ़ूड डिस्पेंसर' कैसे बन गया?"

खूंखार सिंह को लगा कि यह कोई नया जादू है। उसने कट्टा झबरू की नाक पर टिका दिया। कट्टे की नाल से निकलने वाली बारूद की गंध और खूंखार सिंह की डरावनी मूंछें देखकर झबरू का प्रोसेसर जाम हो गया। झबरू के पैर कांपने लगे, उसके एंटीने ढीले होकर लटकने लगे ।

"अरे-अरे! माफ कर दीजिये पाण्डेय... मेरा मतलब खूंखार बाबू! ई गन ले जाइये, पकौड़ा खाइये, लेकिन ई लोहा अंदर रखिये। इसमें से बहुत गंदी महक आ रही है!" झबरू पहली बार असली डर का स्वाद चख रहा था।

तभी चुलबुल बीच में कूदा, "अरे खूंखार भैया, शांत हो जाइये! ई बेचारा बीमार है। और देखिए, आपकी गन तो बहुत पुरानी है, लेकिन क्या आपके कट्टे से पकौड़ा निकल सकता है? नहीं न ? तो दुश्मनी छोड़िये, और झबरू भाई के साथ लिट्टी खाइये।"

मुखिया जी ने भी दो एक्स्ट्रा लिट्टी खूंखार सिंह की तरफ बढ़ा दी। खूंखार सिंह, जो असल में भूखा ही था, पकौड़े और लिट्टी की खुशबू सूंघकर पिघल गया। उसने कट्टा वापस खोंसा और बोला, "ठीक है मुखियाजी, आज लिट्टी के नाम पर इसे छोड़ रहे हैं। पर अगली बार पकौड़े के साथ चटनी भी निकलनी चाहिए!"

दो मिनट बाद, खूंखार सिंह और झबरू साथ बैठकर चोखा रगड़ रहे थे।

चुलबुल ने झबरू के कंधे पर हाथ रखा और बोला, "झबरू भाई, बिहार में डर और प्रेम दोनों लिट्टी की थाली पर आकर खत्म हो जाते हैं। अब चुपचाप खाइए, वरना चोखा खत्म हो जाएगा!"

रात के सन्नाटे में, जमुई के उस छोटे से गांव में, एक एलियन और एक बदमाश साथ बैठकर चांद को देख रहे थे। झबरू समझ गया था कि ब्रह्मांड जीतने से ज्यादा मुश्किल काम है- खूंखार सिंह के साथ चोखा शेयर करना।

बिहार की सैर

एक खूंखार एलियन कमांडर के लिए धरती को जीतना आसान था, लेकिन जमुई के खेतों की आबो-हवा और सत्तू के स्वाद को जीतना नामुमकिन। यहाँ से शुरू होता है झबरू का असली 'बिहारी' बनने का सफर।

6

रॉयल राजा बाजार का रोमांच

चुलबुल ने झबरू को सलाह दी, "झबरू भाई, गांव में तो ठीक है, लेकिन दुनिया को अपनी ताकत दिखानी है तो पटना चलिए। वहां बड़े-बड़े साहेब लोग रहते हैं।" मुखिया जी ने भी हामी भर दी और स्पेसशिप को एंटी-ग्रेविटी मोड पर डालकर पटना की ओर रवाना किया गया।

जमुई से पटना तक का सफर झबरू के लिए किसी इंटरस्टेलर यात्रा से कम नहीं था। चुलबुल ने स्पेसशिप के ऊपर एक बड़ा सा बोर्ड टोल टैक्स से बचने के लिए टांग दिया था- **"सावधान! भारत सरकार की गुप्त जांच मशीन"** ।

जैसे ही स्पेसशिप ने अपने चरमराते हुए इंजनों के साथ पटना की वायुसीमा में प्रवेश किया, झबरू के चेहरे पर लगे एडवांस थ्री-डी सेंसर्स अचानक खतरे की लाल बत्तियां चमकाने लगे। उसने घबराकर अपनी तीन आँखें घुमाईं और डैशबोर्ड की स्क्रीन को देखते हुए कहा, "चुलबुल! मेरे सेंसर्स कह रहे हैं कि यहाँ की हवा में सल्फर, कार्बन और किसी बहुत ही घातक गरम मसाले का ऐसा जानलेवा मिश्रण है जो सीधे फेफड़ों पर सर्जिकल स्ट्राइक करता है!"

चुलबुल ने अपनी गर्दन पर लटके लाल गमछे को बड़े ही स्टाइल से सरकाया। वह झबरू की घबराहट देखकर खिलखिलाकर हँसा और

भोजपुरी लहजे में बोला, "अरे झबरू भाई! आप भी कमाल करते हैं। ई जो आपको हवा में हल्की सी महक, आँखों में जलन और चारों तरफ गहरा कोहरा दिख रहा है न, इसको हमारे पटना के लोग प्यार से 'धूल और धुआँ' कहते हैं। और सुनिए, हमारे यहाँ 'सोमरस' पर तो एकदम कड़ा पहरा है, सरकार ने उसे खुलेआम बंद कर रखा है! अब आप ही बताइए झबरू बाबू, कानून के दम पर आप पानी के पाइप का मुँह तो बंद कर सकते हैं, लेकिन क्या जनता की नाक और हवा पर कोई रोक लगा सकता है? कतई नहीं! यह तो एकदम फ्रीडम ऑफ़ एयर है!"

झबरू ने चुलबुल की बात सुनकर अपने सिर के दोनों एंटीनों को ३६० डिग्री पर घुमाया और पटना की हवा को गहराई से स्कैन किया। कुछ सेकंड की रिसर्च के बाद उसका एलियन दिमाग चकरा गया। वह अचरज से बोला, "लेकिन चुलबुल, इस धुएँ के भीतर केवल प्रदूषण नहीं है। मेरे कंप्यूटरीकृत सेंसर्स इसमें 'पवित्रता' और किसी जड़ी-बूटी का भी एक बहुत ही अनूठा कॉम्बिनेशन दिखा रहे हैं। यह क्या रहस्य है?"

चुलबुल ने स्पेसशिप की खिड़की से बाहर हाथ निकाला और नीचे सड़क के किनारे खड़े एक विशाल, सदियों पुराने बरगद के पेड़ की ओर इशारा किया। वह आँख मारते हुए बोला, "बिल्कुल सही पकड़े हैं महाराज! देखिए वहाँ नीचे..."

झबरू ने अपनी गर्दन खिड़की से नीचे झुकाई। बरगद के चबूतरे पर जो ग़ज़ब का नज़ारा था, उसे देखकर तो उसकी एलियन आँखें फटी की फटी रह गईं। उसका प्रोसेसर उस दृश्य की व्याख्या करने में पूरी तरह हैंग हो गया। नीचे उस विशाल चबूतरे पर एक ऐसा जीवंत और हैरतअंगेज दृश्य था, मानो समाजशास्त्र की कोई बहुत बड़ी थ्योरी लाइव चल रही हो। बरगद के चबूतरे पर एक गजब का नज़ारा था।

बरगद के उस विशाल चबूतरे पर एक अद्‌भुत दृश्य जीवंत हो उठा था। जहाँ एक जटाधारी साधु, उनके दाहिनी ओर धोती-बनियान पहने एक ग्रामीण और कुदाल पर गमछा टाँगे एक अधेड़ व्यक्ति विराजमान थे।लेकिन सबसे बड़ा झटका तो तब लगा जब उस आध्यात्मिक और देसी घेरे के ठीक बीचों-बीच एक कड़क टाई, सूट-बूट और चमचमाते जूतों से लैस कॉर्पोरेट बिजनेसमैन भी बैठा दिखाई दिया। वहाँ चल रही

चिलम की रगड़ ने मानो पल भर में अमीरी-गरीबी, जात-पात और वैराग्य के बीच की सदियों पुरानी लंबी दूरी को हमेशा के लिए मिटा दिया था।

साधू बाबा पूरी श्रद्धा और एकाग्रता से चिलम तैयार कर रहे थे, मानो इसरो का कोई रॉकेट लॉन्च होने वाला हो। किसान भाई उसे सुलगाने के लिए अपनी माचिस की तीली पर तीली मार रहा था, और वह सूट-बूट वाला बिजनेसमैन अपना कीमती, लाखों रुपये का आईफोन साइड में पत्थरों पर रखकर, चिलम की आंच को हवा दे रहा था। तीनों के बीच ऐसा ज़बरदस्त क्वांटम तालमेल और गजब की केमिस्ट्री थी, जैसे वे नासा की लैब में बैठकर ब्रह्मांड की किसी बहुत बड़ी और गुप्त वैज्ञानिक रिसर्च को अंजाम दे रहे हों।

यह देखकर चुलबुल ज़ोर से ठहाका मारकर बोला, "देखिये झबरू भाई! इसी को तो हमारे यहाँ असली समाजवाद का रूप कहते हैं। जब महादेव का यह पवित्र प्रसाद सुलगता है, तो इस ज़मीन पर न कोई अमीर बचता है और न कोई गरीब। सब के सब एक ही 'धुएँ के गोल छल्ले' में विलीन होकर एक समान हो जाते हैं। बिजनेसमैन को टेंशन है टैक्स का, किसान को है बारिश का, और साधु बाबा को है मोक्ष का- लेकिन इस चमत्कारी चिलम के सिर्फ एक कश के बाद, तीनों की सारी टेंशन हवा हो जाती है और उन्हें बस एक ही चीज़ साफ़-साफ़ दिखाई देती है... परम शांति!"

झबरू मंत्रमुग्ध होकर यह सब देख रहा था। उसने तुरंत अपनी गैलेक्टिक डायरी निकाली और अपने लेज़र पेन से उसमें एक बहुत ही महत्वपूर्ण नोट लिखा- "बिहार की हवा में एक ऐसा तत्व है जिसे 'मोक्ष' कहते हैं, और इसे प्राप्त करने के लिए यहाँ के मानव किसी भी पाबंदी को धुएं में उड़ाने का हुनर जानते हैं।"

चुलबुल ने यान की खिड़की बंद की और बोला, "चलिए झबरू भाई, थोडा और आगे चलिए, हमलोग अपने डेस्टिनेशन के बिलकुल करीब आ गए हैं। अब धुएं से बाहर निकलकर थोडा धरती का दर्शन कीजिये!"

जैसे ही स्पेसशिप राजा बाजार के फ्लाईओवर के पास पहुँचा, झबरू की मशीनें 'पीं-पीं' करने लगीं। अचानक जहाज रुक गया। झबरू ने

पागलों की तरह बटन दबाए, लेकिन जहाज टस से मस नहीं हुआ।

"चुलबुल भाय! हमरा इंजन काम नहीं कर रहा! क्या यहाँ कोई ग्रेविटी की गड़बड़ी है?" झबरू ने घबराकर पूछा।

चुलबुल ने स्पेसशिप की खिड़की से नीचे का नजारा देखा और अपना सिर पकड़ लिया। "अरे झबरू, ई गुरुत्वाकर्षण नहीं है रे भाय, ई तो अपने रॉयल राजा बाजार का महा-जाम है! देख रहे हो नीचे... एक ऑटो वाला सीना ताने रॉन्ग साइड से घुसा चला आ रहा है, और बाईं तरफ तो गजबे हो रहा है- दोनों लोग इस बात पर कुश्ती लड़ रहे हैं कि पहले किसका हॉर्न बजा था!"

झबरू को लगा था कि पटना में उसके लिए रेड कार्पेट बिछा होगा, लेकिन जैसे ही उसका यान राजा बाजार पहुँचा, उसकी सारी क्वांटम थ्योरी फेल हो गई। राजा बाजार के फ्लाईओवर के नीचे ऐसा जाम लगा था कि एक चींटी भी पास नहीं हो सकती थी।

स्पेसशिप हवा में ठीक फ्लाईओवर के नीचे फंस गया। झबरू ने बटन दबाया, "चुलबुल, हम ऊपर काहे नहीं उड़ रहे?"

चुलबुल ने बाहर झाँक कर देखा, "अरे झबरू भाई, ऊपर बिजली का नंगा तार है और नीचे ऑटो वाले ने अपना छत का निकला रॉड आपके यान में फंसा दिया है। और देखिए, वो जो लाल बत्ती है, वो आपके सिस्टम की नहीं है, वो ट्रैफिक सिग्नल है जो पिछले 15 मिनट से लाल ही है।"

तभी नीचे से एक टेम्पो वाले ने गर्दन बाहर निकाली। उसने अपना गुटका थूकने के लिए मुँह बनाया ही था कि ऊपर अटके स्पेसशिप को देखकर उसकी आँखें फटी की फटी रह गईं। उसने थूकना रोककर सीधे ऊपर चिल्लाया, "ऐ भाई! हटाओ न अपना ई 'स्टील का कड़ाही'! पूरा राजा बाज़ार का रास्ता रोक के रखे हो। हमारा सवारी लेट हो रहा है! हटाओ इसको, हमको जंक्शन जाना है!"

झबरू हैरान था। उसने अपने कंप्यूटर से पूछा, "सिस्टम, क्या इस मानव के पास कोई 'सोनिक वेपन' है? इसकी आवाज़ सीधे हमारे एंटी-मैटर शीशे को वाइब्रेट कर रही है!"

चुलबुल खिड़की से नीचे झाँकते हुए हँसा और बोला, "अरे नहीं झबरू भाई! ई 'सोनिक वेपन' नहीं, ई यहाँ के टेम्पो वाले का टशन है। इनके

लिए आप एलियन हों या यमराज, अगर आप इनके रास्ते में आए, तो ये अपनी डिक्शनरी की सबसे बेहतरीन और हाई-वोल्टेज गाली सुनाएंगे, जिससे आपका पूरा नेविगेशन सिस्टम ही क्रैश हो जाएगा!"

झबरू का फ्यूल बिल्कुल रिज़र्व में आ गया। यान की सारी लाइटें टिमटिमाने लगीं। झबरू के रोबोटिक चेहरे पर पसीना आ गया। निराश होते हुए झबरू ने कहा, "चुलबुल! फ्यूल खत्म! मेरा 'गोबर-लेजर मिक्सचर' खत्म हो गया है। अब हम इस फ्लाईओवर के नीचे हमेशा के लिए फंस गए हैं!"

जहाज की ऊंचाई धीरे-धीरे कम होने लगी और वह ठीक फ्लाईओवर के नीचे, पिलर नंबर 50 के पास अटक गया। अब स्थिति यह थी कि जहाज के ऊपर फ्लाईओवर था और नीचे ट्रैफिक।

तभी वहां एक ट्रैफिक हवलदार पाण्डे जी (ये जमुई वाले पाण्डेय जी के साले थे) पहुँचे। उन्होंने अपनी लाठी से स्पेसशिप को बजाया- ठक-ठक।

"ए! ई किसका गाड़ी है? नो-पार्किंग में काहे खड़ा किए हो? कागज दिखाओ इसका!" पाण्डे जी ने चिल्ला कर कहा।

झबरू ने अपना खिड़की खोली और बाहर झाँक कर बोला, "अरे पाण्डे बाबू, हम परग्रही हैं। हमारे पास कागज नहीं, स्टार मैप है।"

पाण्डे जी ने एक डायरी निकाली, "स्टार मैप होगा तुम्हारी गैलेक्सी में। यहाँ पटना में या तो स्मार्ट कार्ड चलता है या गांधी जी वाला नोट। और ई बताओ, ई गाड़ी का धुआँ कहाँ से निकल रहा है? बहुत प्रदूषण फैला रहे हो, चालान कटेगा 5000 का!"

झबरू का हौसला टूटने ही वाला था कि तभी उसे चुलबुल की बात याद आई- 'बिहार में हर चीज का जुगाड़ है।'

झबरू ने तुरंत अपने यान का 'इमरजेंसी सोलर मोड' ऑन किया। यान की छत पर लगी एडवांस क्वांटम प्लेट्स ने पटना की कड़कड़ाती धूप को सोखना शुरू कर दिया। उड़ने के लिए तो यह पावर कम थी, लेकिन यान के अंदर का एसी और लाइटें पूरी क्षमता से चालू हो गईं।

झबरू ने अपना माइक्रोफोन ऑन किया और पूरे राजा बाजार में उसकी गूँजने वाली आवाज सुनाई दी, "भैया लोग! उड़ान भरने का फ्यूल

तो खत्म हो गया है, लेकिन पटना की धूप से हमारा 'सोलर एसी' फुल स्पीड में चल रहा है। जब तक जाम नहीं खुलता, तब तक आप सब हमारे जहाज के नीचे खड़े होकर ठंडी हवा का आनंद लीजिए!"

इतना सुनते ही 45 डिग्री की धूप और जाम में परेशान लोग खुश हो गए, दरोगा जी साइड हो गए। लोग अपनी गाड़ियाँ छोड़कर स्पेसशिप के नीचे खड़े हो गए। एक लड़का तो स्पेसशिप पर अपना गमछा सुखाने लगा।

झबरू ने चुलबुल से कहा, "चुलबुल, मेरा फ्यूल खत्म है, लेकिन यहाँ के लोगों का कॉन्फिडेंस देखकर मुझे लगता है कि मैं बिना फ्यूल के भी उड़ सकता हूँ।"

चुलबुल ने स्पेसशिप के गेट पर आराम से पालथी मारकर बैठते हुए कहा, "देखे झबरू भाई? ई है हमारा पटना! यहाँ लोग आप जैसे एलियन से नहीं डरते, बल्कि धूप से बचने के लिए उसे भी अपना 'छतरी' बना लेते हैं। यहाँ लोग फिल्मों में ऋतिक रोशन का 'जादू' देख चुके हैं, इसलिए इन्हें एलियन से डर नहीं, बल्कि 'दोस्ती' करने की आदत है।"

शाम होते-होते तक राजा बाजार पिलर नंबर 50 का नजारा बदल चुका था। झबरू ने सौ से ज्यादा लोगों को 'स्वैग' वाली सेल्फी दी, अपनी बची-खुची बैटरी से तीन लोगों का मोबाइल चार्ज किया, और एक बुजुर्ग अंकल को उनके घर का शॉर्टकट रास्ता सीधे अपनी गैलेक्टिक स्क्रीन पर दिखाया।

झबरू का यान भले ही जाम में फंसा था, लेकिन उसका दिल अब पूरी तरह से 'पटनाइट' हो चुका था। वह समझ गया था कि जमुई के बाद अब पटना ने भी उसका 'परग्रही आधार कार्ड' अपने दिल में पास कर दिया है।

7

लिट्टी-चोखा और यूएफओ

रॉयल राजा बाज़ार के जाम में घन्टों फंसे रहने के बाद झबरू का प्रोसेसर पूरी तरह हैंग हो चुका था। भूख के मारे उसके दोनों एंटीने वाइब्रेशन मोड पर ऐसे थिरक रहे थे जैसे किसी पुराने रेडियो का सिग्नल गायब हो गया हो। चुलबुल उसे खींचते हुए गर्दनीबाग की एक मशहूर लिट्टी की दुकान पर ले गया, जिसके ठीक सामने 'बापू टावर' अपनी पूरी शान से खड़ा था।

चुलबुल ने बापू टावर की ओर गर्व से इशारा किया और बोला, "झबरू भाई! घबराइए मत। ई 'बापू टावर' देख रहे हैं न? यहीं से बापू ने वो शक्ति फूंकी थी कि सात समंदर पार वाले गोरे अंग्रेज अपना बोरिया-बिस्तर समेट कर भाग खड़े हुए थे। ई बिहार की वो धरती है जहाँ से विदाई की शुरुआत होती है।"

झबरू ने अपनी धुंधली आँखों से टावर को देखा और बोला, "चुलबुल, क्या इस टावर में कोई 'मैग्नेटिक वेपन' लगा है जिसने अंग्रेजों को भगाया?"

चुलबुल जोर से हंसा और बोला, "अरे नहीं महाराज! हमारे बापूजी के पास लाठी थी और हम बिहारियों के पास 'लिट्टी'! अंग्रेजों को लगा कि हम पत्थर खा रहे हैं, वो डर के मारे भाग गए कि जो लोग पत्थर

चबा सकते हैं वो हमारा क्या हाल करेंगे! और अब वही 'मल्टी-विटामिन' आपके सामने आने वाला है।" चुलबुल ने दुकानदार को आवाज लगाई- "ए भाय ! दो प्लेट 'स्पेशल घी वाला' लगाइए। और चोखा में सरसों तेल जरा टपकता हुआ डालिएगा!"

चुलबुल ने जैसे ही 'मल्टी-विटामिन' का नाम लिया, लिट्टी की दुकान वाले दुकानदार ने गर्म-गर्म कोयले की आंच से दो कड़क, लाल-लाल लिट्टियां निकालकर थाली में रखीं और उन पर शुद्ध घी का ऐसा छौंका लगाया कि उसकी खुशबू सीधे बापू टावर की चोटी को छूकर वापस आई।

जब प्लेट सामने आई, तो चुलबुल ने एक गर्म लिट्टी उठाई और बोला, "झबरू भाई, ई देखिए! ई है बिहार का असली न्यूक्लियर फ्यूल। इसको खाने के बाद आपका यान भले ही जाम में फंसा रहे, लेकिन आप खुद सुपरनोवा की तरह हवा में उड़ने लगेंगे। खाइए और बापू की इस धरती का आशीर्वाद लीजिए!"

झबरू ने अपने सेंसर से लिट्टी को स्कैन किया। "चुलबुल, मेरा डेटाबेस बता रहा है कि यह वस्तु बाहर से कंक्रीट है और इसके अंदर धूल भरी हुई है। क्या तुम मुझे मारना चाहते हो?"

चुलबुल हंसा, "अरे खाइए तो महाराज! इसमें घी का लुब्रिकेंट लगा हुआ है, सीधे गले के नीचे उतरेगा।"

झबरू ने अपनी एक उंगली चोखे में डुबोई और उसे अपने केमिकल एनालाइजर के पास ले गया। अचानक उसके सिर का एंटीना लाल रंग में चमकने लगा और यान के स्पीकर से जोर-जोर से खतरे का सायरन बजने लगा- "Warning! Bio-hazard Detected!

झबरू ने अपनी तीन आँखों को फैलाकर उस गोल, भूरे रंग के गोले को देखा। उसका प्रोसेसर तुरंत उस पर रिसर्च करने लगा। उसने घबराकर चुलबुल से पूछा, "चुलबुल भाई! यह तो कोई प्राचीन 'हैंड ग्रेनेड' जैसा दिख रहा है। क्या इसके अंदर बारूद भरा है? इसे खाने से मेरा अंदरूनी गैलेक्टिक सिस्टम ब्लास्ट तो नहीं हो जाएगा?"

"अरे महाराज! बारूद नहीं, इसके अंदर शुद्ध चने का सत्तू, अदरक, लहसुन और हरी मिर्च का ऐसा 'परमाणु फ्यूल' भरा है कि एक बार पेट

में चला गया, तो आपके अंतरिक्ष यान को बिना पेट्रोल के सीधे जुपिटर पहुँचा देगा!" चुलबुल ने हंसते हुए एक लिट्टी को बीच से तोड़ा और बैंगन के तीखे चोखे में डुबोकर झबरू के मुंह की तरफ बढ़ा दिया। झबरू ने डरते-डरते अपनी जीभ बाहर निकाली और पहला बाइट लिया। जैसे ही सत्तू का तीखापन और घी का स्वाद उसके एलियन सेंसर्स से टकराया, उसके सिर के दोनों एंटीने जो अब तक हैंग पड़े थे, अचानक डिस्को लाइट की तरह नीले-पीले होकर भभकने लगे! उसके पूरे प्रोसेसर में हरी बत्तियां जल गईं।

झबरू घबराकर पीछे हटा, "चुलबुल! इस चोखा में कौन सा तेजाब डाला है? मेरी मशीनें कह रही हैं कि इसे खाने के बाद इंसान के कान से धुआँ और आँखों से गंगा बह सकती है!"

चुलबुल हँसते हुए बोला, "अरे झबरू भाई, ई तेजाब नहीं, ई कच्चा सरसों तेल का झाँस है। ई तेजाब से भी ज्यादा पावरफुल होता है, एक बार अंदर गया तो आपके शरीर का सारा जंग साफ कर देगा। डरिये मत, मुँह खोलिए और महादेव का नाम लेकर निगल जाइये!"

झबरू ने बड़ी सावधानी से एक लिट्टी उठाई, उसे घी में डुबोया और जैसे ही उसने लिट्टी का टुकड़ा चबाया, उसका 'यूएफओ' अजीब आवाजें करने लगा। पूरे इलाके में एक 'बीप-बीप' की आवाज़ गूँजी। झबरू की आँखों से नीली रोशनी निकलने लगी और उसके सिर के एंटीने डिश-टीवी की तरह तेज़ी से घूमने लगे। यान की लाइटें नीली से बदलकर सत्तू के रंग जैसी यानी पीली-भूरी हो गईं। यान के बाहर लगे लेजर गन से एक अजीब सी यांत्रिक आवाज़ आई- "ज़ूँ... ज़ूँ... ज़ूँ!"

तभी वहां एक गजब का नजारा हुआ। झबरू का यूएफओ, जो थोड़े दूर में खड़ा था, अचानक हवा में चमकने लगा। दरअसल, झबरू ने लिट्टी खाकर जो डकार ली थी, उसकी फ्रीक्वेंसी उसके यान के रिसीवर से मैच कर गई। यान ने उसे सुपर-फ्यूल समझ लिया और उसकी सारी लाइटें दिवाली की तरह जल उठीं।

यान के सारे 'पावर इंडिकेटर' अचानक हरे हो गए। चुलबुल ने चकित होकर पूछा, "अरे! ई आपका जहाज अचानक ऐसे भोंपू की तरह आवाज़ काहे कर रहा है? इसके सारे इंडिकेटर हिल रहे हैं!"

झबरू ने मुँह में लिट्टी दबाए हुए ही उत्साह से जवाब दिया, "ओह चुलबुल! मेरा यान मेरे 'बायो-सेंसर्स' से जुड़ा हुआ है। जैसे ही मेरे पेट में लिट्टी और चोखे का यह न्यूक्लियर कॉकटेल गया, यान के कंप्यूटर को लगा कि मैंने कोई 'सुपर-गैलेक्टिक एनर्जी बार' खा ली है। अब मेरा यान खुद को 'सत्तू-मोड' पर रीबूट कर रहा है। चुलबुल, अब यह यान गोबर गैस से ही नहीं, बल्कि मेरे इस नए बिहारी जोश की फ्रीक्वेंसी से भी उड़ेगा!"

"ओह माय गॉड! " झबरू चिल्लाया। "चुलबुल, इस सत्तू के अंदर कौन सा क्वांटम मसाला है? मेरा फ्यूल सेल अचानक फुल चार्ज दिखा रहा है! ई खाके बुझाईल कि जन्नत मिल गईल!"

दुकानदार, जो झबरू को कोई विदेशी टूरिस्ट समझ रहा था, बोला- "अरे साहेब, ई मसाला नहीं है, ई शुद्ध सरसों तेल और लौंगिया मिरचाई का अचार है। एक बार खाइयेगा तो अपना देश भूल जाइयेगा।"

झबरू ने लिट्टी का दूसरा टुकड़ा चोखे में लपेट कर खाया और भावुक हो गया। उसकी आँखों से हरा आंसू टपकने लगा। उसने अपने जहाज के कंप्यूटर को कमांड दिया:

"कन्फर्म डिलीट: मिशन अर्थ कॉन्क्वेस्ट। न्यू मिशन: लिट्टी-चोखा प्रोटेक्शन स्कीम!"

पूरे शहर में शोर मच गया- "देखो! जादुई कड़ाही नाच रहा है!"

झबरू के हाथ में लिट्टी का आखिरी टुकड़ा था, जिसे वह किसी बेशकीमती हीरे की तरह देख रहा था। अचानक उसके चेहरे पर एक ऐसी गंभीरता आ गई जो अब तक किसी ने नहीं देखी थी। उसने एक लंबी सांस ली, जिसे सुनकर उसके यान के इंजन ने भी एक उदास बीप की आवाज निकाली।

झबरू ने गला साफ किया और रुंधे हुए गले से घोषणा कर दी, "चुलबुल भाई, फैसला हो गया है! मुझे अब ज़ोग-पुर वापस नहीं जाना। वहां की यादें धुंधली पड़ रही हैं और इस चोखे की खुशबू मेरे मदरबोर्ड पर हावी हो गई है।"

उसने आसमान की तरफ देखा, जहाँ उसका ग्रह ज़ोग-पुर एक टिमटिमाते तारे जैसा दिख रहा था। झबरू थोड़ा भावुक होकर बोला, "पता है चुलबुल, ज़ोग-पुर में हम लोग बहुत एडवांस हैं। वहां भावनाएं

नहीं, कमांड्स चलते हैं। वहां के लोग इतने बोरिंग हैं कि वे स्वाद के लिए नहीं, सिर्फ जीने के लिए बेरंग कैप्सूल खाते हैं। वहां की हवा में ऑक्सीजन तो है, पर 'अचार का झोंक' नहीं है। वहां का चांद तो बहुत चमकता है, पर वहां की रातों में किसी बरगद के नीचे बैठकर बकैती करने वाला कोई चुलबुल नहीं है।"

झबरू ने अपनी आँखों से एक हल्की सी लेजर लाइट छोड़ी, जो शायद उसका डिजिटल आंसू था। "मुझे अब यहीं बसना है। मैंने तय किया है कि मैं अपना करोड़ों का यूएफओ कबाड़ी के भाव बेच दूँगा। यहाँ उस पैसे से एक 'डिजिटल लिट्टी सेंटर' खोलूँगा। एक ऐसा ढाबा जहाँ वेटर नहीं, बल्कि मेरे साथी रोबोट अपने मैटेलिक हाथों से बैंगन का चोखा रगड़ेंगे। ज़ोग-पुर वालों को कैप्सूल मुबारक, मुझे तो यहाँ की पंगत में बैठकर ही मोक्ष मिलेगा!"

चुलबुल ने झबरू के कंधे पर हाथ रखा। झबरू ने अपनी उंगलियों में लगा घी चाटते हुए अंतिम बात कही, "चुलबुल, घर वो नहीं होता जहाँ हम पैदा होते हैं, घर वो होता है जहाँ का नमक हमें बांध ले। और मुझे इस जमुई के नमक ने जकड़ लिया है। अब हम ज़ोग-पुर के कमांडर नहीं, यहाँ के लिट्टी-मास्टर कहलाना पसंद करेंगे!"

चुलबुल ने मुस्कुराते हुए कहा, "झबरू भाई, पटना में बसना तो आसान है, लेकिन यहाँ की भाषा सीखनी होगी। यहाँ लोग बाइनरी नहीं, बकैती करते हैं। अब आपको अपनी कोडिंग बदलनी होगी।"

झबरू ने तीसरी प्लेट लिट्टी का आर्डर देते हुए कहा, "हँ-रे भाई! अब हम 0 और 1 नहीं, बल्कि बैंगन और सत्तू की भाषा बोलेंगे।"

8

बाइनरी टू भोजपुरी

बिहार की गलियों में झबरू अब विदेशी नहीं, बल्कि 'विदेशी बाबू' बन चुका था। झबरू ने अपनी हाई-टेक मशीन 'X-जीरो-7' को पटना के एक ऐसे साइबर कैफे के वाई-फाई से जोड़ा था, जहाँ का इंटरनेट इतना धीमा था कि 1MB की फाइल डाउनलोड होने में भी 'हनुमान चालीसा' का पाठ खत्म हो जाता था। झबरू के लिए बड़ी चुनौती यह थी कि उसे अपने 'निवास प्रमाण पत्र' के लिए पंचायत के उन पंचों को अपनी तकनीक समझानी थी, जिन्होंने आज तक अपना स्मार्टफोन सिर्फ कॉल उठाने और टॉर्च जलाने के लिए इस्तेमाल किया था।

मुखिया जी ने पंचायत बुलाई। बरगद के पेड़ के नीचे पंच बैठे थे, और झबरू अपना चमकता हुआ लैपटॉप और होलोग्राम लेकर खड़ा था। पंचों को ऐसा लग रहा था जैसे गांव में कोई जादू का खेल दिखाने वाला आया है।

मुखिया जी ने खैनी ठोकते हुए कड़क आवाज में कहा, "झबरू बाबू! ई जो हवा में लाइट जला रहे हैं, इससे पेट नहीं भरेगा। जरा पंचों को सरल भाषा में समझाइए कि आपकी मशीन काम क्या करती है। लेकिन ध्यान रहे, यहाँ किसी को अंग्रेजी नहीं आती, यहाँ सब 'ठेठ' समझते हैं- ऐसी भाषा जो सीधे कलेजे को छुए, प्रोसेसर को नहीं!"

चुलबुल ने जैसे ही अपना 'देसी डिकोडर' चालू किया, झबरू ने अपनी कोडिंग भाषा शुरू की। झबरू का पहला कमांड था:

"Initiating System Reboot and Clearing Cache Memory."

डिकोडर से जो आवाज निकली, उसे सुनकर पूरे पंचायत में ठहाके गूंज उठे। "भैया! दिमाग बहुत गरम हो गईल बा, 'री-फ्रेश' होके खातिर पुरान फालतू बात के कचरा के पेटी में डाल रहल बानी!"

एक पंच ने अपना चश्मा ठीक करते हुए पूछा, "अरे झबरू लाल, ई बताओ कि तुम्हारा ई 'स्पेसशिप' कितना माइलेज देता है?"

झबरू ने जवाब दिया, *"It functions on a Perpetual Motion Engine fuelled by Quantum Fluctuations."*

चुलबुल का डिकोडर बोला- "ई कह रहे हैं कि ई मशीन हनुमान जी के कृपा से चलती है, इसमें तेल-पानी का झंझट नहीं है, बस मर्जी और मूड का फ्यूल लगता है!"

पंच गदगद हो गए! लेकिन असली मजा तब आया जब झबरू ने अपनी गैलेक्सी के बारे में बताना चाहा।

"My Galaxy is located 500 Light Years away in the Andromeda Constellation."

डिकोडर: "हमार गांव यहाँ से इतना दूर बा कि अगर पैसेंजर ट्रेन से जाइब, तो सात जन्म बीत जाई, लेकिन अगर जुगाड़ से जाइब तो सत्तू खाते-खाते पहुँच जाइब!"

पंचों में से एक पंच ने अपनी अपनी आंखें मलते-मलते एक साथ कई प्रश्नों की झड़ी लगा दी, "अरे झबरू लाल, ई तो ठीक है, लेकिन ई बताओ कि ई मशीन पैरवी भी करती है क्या? और ई बताओ कि बादलों में डेटा कैसे रहता है, बारिश में भीगता नहीं है?"

झबरू ने अपना सिर पकड़ लिया। उसे समझ आ गया कि यहाँ बाइनरी नहीं, बल्कि बकैती का राज चलता है। उसे एहसास हुआ कि बिहार में कोडिंग करना उतना मुश्किल नहीं है, जितना किसी पंच को यह समझाना कि डेटा बिना तार के भी उड़ सकता है!

तभी पंचायत के बीच में एक बकरी आ गई और उसने झबरू के चमकते हुए डेटा केबल को चबाना शुरू कर दिया। झबरू का सिस्टम अचानक क्रैश होने लगा और उसकी आवाज बदल गई।

झबरू का एरर मैसेज आया: "*Fatal Error: Hardware Intrusion Detected!*"

मशीन ने ट्रांसलेट किया, "अरे बाप रे! बकरी हमरा सिस्टम के चोखा बना देलस! भगाओ ई जानवर के, वरना हमार सारा कोडिंग गोबर हो जाई!"

पूरे पंचायत में ठहाके गूंज उठे। झबरू ने झल्लाकर अपना साफा ठीक किया और मैथिली में बोला, "अहाँ सब हँसि रहल छी? हमर मशीन खराब भ गेल अछि!" (आप सब हंस रहे हैं? मेरी मशीन खराब हो गई है!)

मुखिया जी ने खैनी की एक जोरदार चुटकी अपनी हथेली पर रगड़ी और फिर झबरू के कंधे पर भारी हाथ रखते हुए बोले, "झबरू बाबू, आप तो अब पूरी तरह 'मैथिल' बन गए हैं। अब ई ओडिंग-कोडिंग और बाइनरी का झमेला छोड़िये, इसकी जमुई में कौनो जरूरत नहीं है। ई सब तो शहर का चोचला हैं। यहाँ तो काम पैरवी और प्रणाम से ही होता है। अब आप सीधे 'पंचायत सचिव' का फॉर्म भरिए, और यकीन मानिए-आपकी ये जो 'लेजर वाली आँखें' हैं न, वो ब्लॉक ऑफिस की रुकी हुई फाइलों को स्कैन करने में बड़ी काम आएंगी!"

झबरू के होंठों पर एक ऐसी मुस्कान आई जो अब रोबोटिक नहीं, बल्कि विशुद्ध 'बिहारी' लग रही थी। उसे समझ आ गया था कि बिहार की इस महान धरती पर लॉजिक से ज्यादा मैजिक और जुगाड़ का सिक्का चलता है। उसने अपना चमकता हुआ लैपटॉप ऐसे बंद किया जैसे कोई पुरानी बही-खाता बंद कर रहा हो।

झबरू ने अपना पीला गमछा सिर पर बांधा, एक लंबी डकार ली और बड़े टशन में बोला, "हँ-रे भाय! ले अब हमार कोडिंग-सोडिंग खत्म, अऊर शुद्ध बकैती चालू! अब हम डेटा प्रोसेस नहीं करेंगे, अब हम बात प्रोसेस करेंगे। और मुखिया जी, ई पंचायत सचिव वाला जो फॉर्म है, उसमें गाँव वाले कॉलम में ज़ोग-पुर लिख दीजिये ?"

मुखिया जी हँसते हुए बोले, "अरे बाबू, एड्रेस में लिख दीजिये-'खैरापुर गांव, वाया आकाशगंगा'। बाकी सब हम मैनेज कर लेंगे!"

झबरू ने चुलबुल की तरफ देख कर आँख मारी। चुलबुल समझ गया कि उसका एलियन दोस्त अब सरकारी तंत्र के उस चक्रव्यूह में घुसने

को तैयार है, जहाँ बड़े-बड़े सुपर-कंप्यूटर भी सर्वर डाउन होने का बहाना बनाकर हार मान लेते हैं।

गैलेक्टिक सियासत

अंतरिक्ष की लड़ाइयाँ तो सिर्फ स्पेसशिप और मिसाइलों से लड़ी जाती हैं, लेकिन असली राजनीति तो हमारे मुखिया जी और विनाश बाबू के बीच होती है। जब दिल्ली और जुपिटर दोनों की कूटनीति फेल हो जाए, तो समझो अब सिर्फ जुगाड़ ही बचाएगा।

9

एलियंस का चुनाव प्रचार

बिहार में चुनाव का मतलब है- त्योहार, जंग और मनोरंजन का एक ऐसा कॉकटेल, जिसे चखे बिना कोई बिहारी चैन से नहीं सोता। पंचायत चुनाव की सुगबुगाहट शुरू होते ही गाँव की हवा में ऑक्सीजन कम और राजनीति का धुआँ ज़्यादा तैरने लगा था। चाय की दुकानों पर विकास के मुददों से ज़्यादा चर्चा इस बात पर थी कि कौन सा प्रत्याशी सबसे ज़्यादा गड़बड़ कर सकता है। चबूतरे पर बैठे बुज़ुर्गों की गोष्ठियों में अमेरिका और रूस की नीतियों से ज़्यादा गहराई से इस बात का विश्लेषण हो रहा था कि मुखिया जी का पलड़ा भारी है या सामने वाले वार्ड सदस्य का दबदबा।

गाँव की हर दीवार पर चूने से पुते नारों की ऐसी रेलमपेल मची थी कि खुद दीवार को समझ नहीं आ रहा था कि वह किसका प्रचार कर रही है। कहीं 'जुझारू और कर्मठ' प्रत्याशी की फोटो लगी थी (जिसने पिछले पाँच साल सिर्फ जुआ खेलने में मेहनत की थी), तो कहीं 'पढ़े-लिखे युवा' का पोस्टर था, जो अपनी मार्कशीट की स्पेलिंग तक नहीं जानता था।

लाउडस्पीकरों पर ऐसे-ऐसे भोजपुरी चुनावी गाने बज रहे थे, जिन्हें सुनकर यमराज भी अपनी भैंस मोड़कर भाग जाएँ। माहौल में शाम ढलते ही मुफ्त की मुर्गियों और देशी-पव्वों की ऐसी गुप्त सप्लाई शुरू हो

जाती, जैसे बॉर्डर पर कोई सर्जिकल स्ट्राइक होने वाली हो। हर वोटर इस वक्त खुद को किंगमेकर समझकर मुँह में खैनी दबाए ऐसे मुस्कुरा रहा था, जैसे पूरे बिहार की सत्ता की चाबी उसकी जेब में हो।

मुखिया जी भी मंझे हुए खिलाड़ी थे; उन्होंने देख लिया था कि इस बार जनता सिर्फ वादों से नहीं, बल्कि चमत्कार से पिघलेगी। जब गाँव के कुत्तों ने भौंकना छोड़ दिया, तब आसमान में गरजते हुए बादलों के बीच से एक चमकती हुई तश्तरी नीचे आई, मुखिया जी समझ गए थे कि ऊपरवाला उनकी मदद के लिए खुद लैंड कर चुका है। उन्हें लगा कि अगर इस बार झबरू के विदेशी करिश्मे का तड़का नहीं लगाया, तो शायद वोट बैंक की नैया डूब जाए।

इसी गहमागहमी और अन्तरिक्षीय उत्साह के बीच... मुखिया जी ने उसी रात झबरू और चुलबुल की एक इमरजेंसी मीटिंग बुलाई। पटना की सड़कों और पंचायत की गलियों में नाम कमाने के बाद, झबरू अब एक विदेशी मेहमान नहीं रह गया था। मुखिया जी ने महसूस किया कि झबरू की लेजर आँखों और उड़ने वाले जहाज का इस्तेमाल अगर चुनाव में नहीं किया गया, तो यह लोकतंत्र का अपमान होगा। लालटेन की मद्धम रोशनी में मुखिया जी ने अपनी खैनी झाड़ते हुए गंभीर स्वर में कहा, "देखिए झबरू बाबू, ई गोला-बारूद और लेजर-वेजर तो ठीक है, लेकिन बिहार के चुनाव का असली हथियार होता है- 'भौकाल'। और आपसे बड़ा भौकाल अभी पूरे ब्रह्मांड में किसी के पास नहीं है।"

झबरू ने अपनी गोल आँखें घुमाईं, उसे समझ नहीं आ रहा था कि एक उन्नत सभ्यता का एलियन होकर उसे यहाँ मुखिया पद के लिए पर्चे क्यों बाँटने पड़ रहे हैं।

चुनाव का बिगुल बज चुका था। मुखिया जी ने झबरू को अपनी पार्टी "भारतीय अंतरिक्ष मोर्चा" का मुख्य उम्मीदवार घोषित कर दिया।

अगले दिन सुबह होते ही पूरे गाँव का हुलिया बदल गया। स्पेसशिप के ऊपर मुखिया जी का 'चुनाव चिह्न' को लेजर लाइट से पेंट कर दिया गया। झबरू को थोडा 'इन्सान' और थोडा 'नेता' बनाने के लिए एक सफेद कुर्ता और गले में पीला गमछा पहनाया गया, जो उसके नीले रंग की त्वचा पर बिलकुल 'इंटरगैलेक्टिक लीडर' वाला लुक दे रहा था।

चुलबुल ने भी अपनी जिम्मेदारी बखूबी संभाली; उसने स्पेसशिप के हाई-टेक साउंड सिस्टम को मॉडिफाई किया उसने झबरू के स्पेसशिप के ऊपर चार बड़े भोंपू बंधवा दिए, जिनमें से दिन भर एक ही गाना बजता था:

"अबकी बार गैलेक्सी पार,
ऊपर से आईल बानी झबरू लाल !
अबकी बार गैलेक्सी पार! "

झबरू अब चुलबुल के साथ गलियों में घूम रहा था। चुलबुल उसे समझा रहा था, "देखिए झबरू भाई, वोट मांगने का एक ही नियम है- पैर छूना और जुमला फेंकना। जब कोई बूढ़ी दादी मिलें, तो सीधे उनके पैर पकड़ लीजियेगा।"

एक घर के सामने झबरू रुका। वहां एक चाची बैठी सब्जी काट रही थीं। झबरू ने झुककर उनके पैर छुए और बोला, "प्रणाम चाची! हम बानी झबरू लाल। हमके वोट देब त आपके घर में ब्लैक होल वाला चूल्हा लगवा देंगे, जिसमें न गैस लगेगा न लकड़ी, सीधे गैलेक्सी से आग आएगा!"

चाची ने उसे ऊपर से नीचे देखा और बोलीं, "अरे ई सब छोड़ो बाबू, ई बताओ कि तुम्हारे ई जो सिर पर दो गो एंटीना हिल रहा है, इसमें सिग्नल पकड़ेगा? हमारे घर में टीवी नहीं चल रहा है।"

झबरू ने तुरंत अपना एंटीना घुमाया और चाची के घर की पुरानी टीवी की तरफ एक छोटी सी लेजर छोड़ी। अचानक टीवी पर चित्रहार एकदम साफ HD में चलने लगा। चाची गदगद हो गईं, "जीते रहो बबुआ! अबकी वोट तो तुम्हीं को देंगे, कम से कम सास-बहू वाला सीरियल तो साफ दिखेगा!"

मुखिया जी पीछे से चिल्लाए, "देख रहे हैं जनता जनार्दन? झबरू बाबू मंगल ग्रह से सिर्फ आप लोगों को आशीर्वाद देने आए हैं। ई कह रहे हैं कि अगर हमको नहीं जिताए, तो अगले साल मानसून की जगह ऊपर से पत्थर बरसेगा!" चुलबुल बगल में खड़े होकर फुसफुसाया, "अबे झबरू, हाथ हिलाओ बे, वरना लोग समझेंगे कि तुम कोई पुतला हो।"

झबरू ने जैसे ही हवा में हाथ हिलाया, उसकी लेजर आँखों से गलती से एक नीली रोशनी निकली और सामने वाले प्रत्याशी के टेंट में आग लगते-लगते बची। भीड़ में शोर मच गया, "इलेक्ट्रिक वाले मुखिया जी जिंदाबाद!" विपक्षियों के पसीने छूट गए थे; उन्हें समझ नहीं आ रहा था कि एक ऐसा प्रत्याशी जिसका प्रचार करने वाला खुद एलियन हो और जिसका रथ सीधा आसमान से उतरता हो, उसे हराने के लिए कौन सा जातिगत समीकरण बिठाया जाए। चुनाव अब स्थानीय नहीं रहा था, वह इंटरगैलेक्टिक हो चुका था।

शाम को गांव के मैदान में एक विशाल चुनावी सभा हुई। विपक्ष के नेता 'विनाश बाबू' ने झबरू पर तंज कसा, "खैरापुर के निवासियों! भाइयों और बहनों! ई हरा रंग का आदमी आपको धोखा दे रहा है। ई कहता है कि ज़ोगपुर ग्रह से आया है, लेकिन हमको लगता है कि ई किसी पेंट की दुकान में गिर गया था!"

पूरे जमुई जिले में शायद ही कोई ऐसा होगा जो अविनाश भारती के नाम से वाकिफ न हो, लेकिन लोग उन्हें इस नाम से कम और 'विनाश बाबू' के नाम से ज्यादा जानते थे। दरअसल, यह नाम उन्हें उनकी कुंडली या माता-पिता ने नहीं, बल्कि उनके कर्मों ने दिया था। गांव वालों का कहना था कि अविनाश बाबू जिस काम में हाथ डाल दें, उसका विनाश होना तय है- चाहे वो गांव की पक्की सड़क हो या सरकारी राशन का गोदाम।

पांच साल पहले उन्होंने खैरा गांव में एक ऐसी सड़क बनवाई थी जो पहली ही बारिश में ऐसी गायब हुई कि आज तक इंजीनियर उसे ढूंढ रहे हैं। पूरे जिले को पता था कि उनके ईंट-भट्ठे पर बिजली विभाग की कृपा बरसती है, जबकि पूरा गांव लालटेन की रोशनी में पढ़ता था। विनाश बाबू बिना फायदे के किसी को प्रणाम तक नहीं करते थे। पैसे का अहंकार ऐसा कि वह अपने पुरानी स्कार्पियो गाड़ी से जब निकलते, तो धूल उड़ाते हुए यह संदेश देते कि- "यहाँ का राजा मैं ही हूँ।"

विनाश बाबू जिले के सबसे रईस और रसूखदार आदमी थे। उनके पास रईसी तो पुश्तैनी थी, लेकिन उसे बनाए रखने के लिए उन्होंने लंपटई का सहारा लिया था। सफेद कुर्ता-पायजामा, गले में सोने की

मोटी चेन और मुँह में हमेशा रची रहने वाली पान की लाली- यही उनकी पहचान थी। वह दिखने में जितने शरीफ बनने की कोशिश करते, उनकी आँखों की चालाकी उतनी ही ज्यादा गवाही देती कि भीतर कोई शातिर दिमाग चल रहा है।

भीड़ हंसने लगी। झबरू का पारा चढ़ गया। उसने चुलबुल की तरफ देखा। चुलबुल ने इशारा किया- 'दिखा दीजिये अपना जलवा'।

झबरू मंच पर आया और अपना माइक्रोफोन हाथ में लिया। उसने अपनी आवाज में थोड़ा इको डाला ताकि वह भगवान जैसा साउंड करे। "भैया और बहनों! विनाश बाबू कहते हैं कि हम नकली हैं। लेकिन विनाश बाबू क्या आपके पास ऐसा वाहन है जो बिना पेट्रोल के चलता है?"

झबरू ने अपनी उंगली आसमान की तरफ की और एक रिमोट दबाया। ऊपर मंडरा रहा उसका स्पेसशिप अचानक नीचे आया और मंच के ठीक ऊपर स्थिर हो गया। जहाज से नीली और पीली लाइटें निकलने लगीं और हवा में एक होलोग्राम बना- "वोट फॉर झबरू"।

भीड़ पागल हो गई! लोग चिल्लाने लगे, "झबरू भैया जिंदाबाद! उड़ने वाला नेता जिंदाबाद!"

झबरू ने अपना भाषण जारी रखा, "अगर हम जीते, तो जमुई से पटना तक का रास्ता 5 मिनट का होगा। हम सबको उड़ने वाला खटोला का फ्री पास देंगे और हर घर के छत पर एक चार्जिंग स्टेशन होगा। और सुनिए, राशन कार्ड की लाइन खत्म! अब सीधे आपके किचन में 'सत्तू' का टेलीपोर्टेशन होगा!"

विनाश बाबू ने देखा कि हवा झबरू की तरफ बह रही है। उन्होंने गुस्से में अपने गुंडों से कहा, "इसका ई जो उड़ने वाला डिब्बा है, इसके पीछे साइलेंसर वाले पाइप में दो बोरी ईंट और कंकड़ ठूंस दो, देखें कैसे उड़ता है!"

रात के अंधेरे में गुंडों ने स्पेसशिप के एग्जॉस्ट पाइप में पुराने बोरे, कंकड़ और मिट्टी भर दी। उन्हें लगा था कि इससे इंजन पूरी तरह जाम होकर ब्लास्ट हो जाएगा, लेकिन उन्हें क्या पता था कि चुलबुल ने जहाज को 'जुगाड़' वाले बाईपास से ठीक किया था।

अगले दिन जब झबरू ने यान स्टार्ट किया, तो यान उड़ने के बजाय एक अजीब सी आवाज करने लगा- 'गुड़-गुड़-धड़ाम!'

इंजन ने भयंकर बैकफायर किया। कंकड़-पत्थर पाइप के अंदरूनी दबाव के कारण अंदर ही पिघल गए, लेकिन तभी एक मज़ेदार कांड हो गया। चुलबुल ने इंजन के बगल में ही दो बोरी चूड़ा और गांव वालों के दिए दही के मटके इमरजेंसी राशन के तौर पर रखे थे। इंजन के बैकफायर वाले भयानक प्रेशर और गर्मी से वह मटका तुरंत ब्लास्ट हो गया।

नतीजा यह हुआ कि यान के पीछे से धुएं के बजाय... गरमा-गरम भुने हुए चूड़े और मीठी दही की जबरदस्त बौछार होने लगी!
मैदान में खड़े लोग भागने के बजाय अपनी-अपनी थालियाँ लेकर आ गए। लोग नाचने लगे, "अरे वाह! झबरू भैया तो आसमान से सीधे 'दही-चूड़ा' का नाश्ता गिरा रहे हैं! जिया हो झबरू लाल!"

विनाश बाबू का प्लान बुरी तरह बैकफायर कर गया। झबरू अब केवल एक नेता नहीं, बल्कि साक्षात 'अन्नदाता' बन चुका था। झबरू ने चुलबुल से धीरे से कहा, "चुलबुल भाई, तुम्हारी इस बिहार की राजनीति में अगर मशीन गलती भी करे, तो लोग उसे 'चमत्कार' मानकर थाली लेकर खड़े हो जाते हैं। मुझे तो अब ज़ोग-पुर का राष्ट्रपति बनने का भी मन नहीं रहा!"

चुलबुल ने मुस्कुराते हुए झबरू के खादी कुर्ते की कॉलर ठीक की और बोला, "झबरू भाई, ई तो सिर्फ जमुई का चुनाव है। एक बार जीत गए तो आपको सीधे दिल्ली की संसद ले चलेंगे और आपका उड़न-खटोला सीधे वहीं लैंड करवाएंगे!"

10

करप्शन और वोल्टेज वार

चुनाव प्रचार चरम पर था, लेकिन जमुई में एक समस्या आ गई- बिजली। पूरे जिले में लाइन कटी थी क्योंकि मुख्य बिजली दफ्तर का ट्रांसफार्मर फूंका हुआ था। झबरू ने सोचा कि यही मौका है जनता का दिल जीतने का।

झबरू, चुलबुल और मुखिया जी सीधे बिजली विभाग के दफ्तर पहुँचे। वहां लाइनमैन संतोष बाबू अपनी कुर्सी पर पसरे हुए थे और फाइल के ऊपर सर रखकर सो रहे थे।

"संतोष बाबू! उठिए! पूरा गांव अंधेरे में है और आप यहाँ खर्राटे ले रहे हैं?" मुखिया जी ने मेज थपथपाई।

संतोष बाबू ने एक आँख खोली और झबरू को देखकर बोले, "अरे! ई नया जनरेटर आया है का? हरा रंग का है, पर्यावरण के अनुकूल है, एकदम इकोफ्रेंडली।"

झबरू ने अपना चश्मा ठीक किया और अपनी रोबोटिक-भोजपुरी में बोला, "हम जनरेटर नहीं बानी साहब! हम प्रत्याशी बानी। ई बताइए कि लाइन काहे कटा हुआ है? हमारे स्पेसशिप का एंटी-मैटर बैटरी भी लो हो रहा है।"

संतोष बाबू ने ठंडी सांस ली और खैनी रगड़ते हुए बोले, "देखिए, ऊपर से लाइन डेड है। ट्रांसफार्मर का तेल चोरी हो गया है और नया आने के लिए फाइल पर वजन रखना पड़ेगा। आप तो समझ ही रहे होंगे?" उन्होंने अंगूठे और तर्जनी को रगड़ कर रिश्वत का इशारा किया।

झबरू ने चुलबुल से पूछा, "चुलबुल, फाइल पर वजन रखने का मतलब क्या है? क्या मुझे इस पर अपना 500 किलो का यान खड़ा करना होगा?"

चुलबुल ने कान में फुसफुसाया, "नहीं भाई, इसका मतलब है कि इन्हें ₹5000 का प्रसाद चाहिए, तभी स्विच ऑन होगा।"

झबरू का पारा चढ़ गया। "हम गैलेक्सी के रक्षक हैं, हम घूस नहीं देते! संतोष बाबू, अगर आपने लाइन चालू नहीं की, तो हम 'ब्लैक होल' की कोडिंग से आपकी कुर्सी को सीधे आपके घर के छत पर टेलीपोर्ट कर देंगे!"

संतोष बाबू हंसे, "अरे जाइये-जाइये! यहाँ विधायक जी का फोन नहीं चलता, तो आपका ब्लैक होल क्या चलेगा? नियम से आइये।"

झबरू ने चुलबुल की तरफ देखा और बोला, "जुगाड़ मोड ऑन करो!"

झबरू दफ्तर के बाहर लगे विशाल ट्रांसफार्मर के पास पहुँचा। उसने अपने स्पेसशिप से एक पतला नैनो-वायर निकाला और उसे ट्रांसफार्मर के मुख्य स्विच से जोड़ दिया।

"झबरू भाई, ये क्या कर रहे हो?" मुखिया जी ने पूछा।

झबरू बोला, "मुखिया जी, मैं ब्लैक होल की ग्रेविटी को उल्टा करके यहाँ के पावर ग्रिड से जोड़ रहा हूँ। अब बिजली विभाग से बिजली नहीं आएगी, बल्कि बिजली विभाग में बिजली जाएगी!"

झबरू ने अपनी आँखों से एक तेज नीली लेजर छोड़ी। अचानक, पूरे बिजली दफ्तर की लाइटें इतनी तेज जलीं कि संतोष बाबू की कुर्सी 'डिस्को लाइट' की तरह चमकने लगी। यही नहीं, दफ्तर का पुराना पंखा इतनी तेज चला कि वह छत फाड़कर ऊपर निकल गया।

पूरे गांव में 440 वोल्ट की जगह 'क्वांटम वोल्टेज' दौड़ गया। लोगों के घरों के 10 वॉट के बल्ब अब फ्लड लाइट की तरह चमक रहे थे। लोग चिल्लाने लगे, "जिय हो झबरू लाल! बिजली नहीं, सूरज उगा दिए हैं!"

संतोष बाबू बाहर भागे-भागे आए, "अरे बाप रे! ई का कर दिए? मीटर उल्टा घूम रहा है! विभाग हमको जेल भेज देगा!"

झबरू ने संतोष बाबू को कॉलर से पकड़ा और एंटी-ग्रेविटी की मदद से हवा में एक फीट ऊपर उठा दिया। "सुनिए संतोष बाबू! फाइल पर वजन हम नहीं, अब जनता रखेगी। अगर कल तक नया ट्रांसफार्मर नहीं आया, तो हम आपके पूरे ऑफिस को 'टाइम लूप' में डाल देंगे, जहाँ आप रोज सुबह उठेंगे और आपको सिर्फ 'कद्दू की सब्जी' मिलेगी!"

संतोष बाबू थर-थर कांपने लगे, "अरे नहीं-नहीं झबरू साहेब! अभी फोन करते हैं। नया क्या, हम एक नहीं दो-दो ट्रांसफार्मर लगवा देते हैं। बस हमको नीचे उतारिये!"

शाम तक गांव में नया ट्रांसफार्मर लग गया। मुखिया जी ने झबरू की पीठ थपथपाई, "झबरू बाबू, आप तो भ्रष्टाचार का 'वैक्सीन' निकल गए। बिहार में काम करवाने के लिए या तो पावर चाहिए या परमाणु बम- आपने दोनों दिखा दिया।"

झबरू ने मुस्कुराते हुए अपनी लेजर गन को वापस म्यान में रखा और बोला, "चुलबुल, करप्शन मिटाना तो आसान है, बस सामने वाले को ये यकीन दिलाना पड़ता है कि उसकी कुर्सी कभी भी अंतरिक्ष की सैर पर जा सकती है!"

जमुई के इतिहास में यह पहली बार हुआ था कि किसी गांव में बिना घूस दिए, सिर्फ एक एलियन की पैरवी पर चौबीस घंटे के अंदर नया ट्रांसफार्मर लग गया था। खैरा गांव अब अंधेरे से निकलकर 'क्वांटम वोल्टेज' की रोशनी में नहा रहा था।

बिजली क्या आई, मुखिया जी के साले साहब इतने गदगद हुए कि उन्होंने तुरंत अपना प्लान बदल दिया। वे पहले अपनी बेटी 'पिंकी' की शादी पटना के किसी महंगे हॉल से करने वाले थे, जहाँ भारी-भरकम जनरेटर का खर्चा था। लेकिन खैरा गांव में झबरू की लाई चमकती हुई मुफ्त बिजली देखकर उन्होंने घोषणा कर दी- "अब पिंकी की बारात इसी गांव में आएगी! जहाँ ऐसा चमचमाता वोल्टेज हो, वहाँ शहर के हॉल की क्या औकात!"

बस फिर क्या था! बिजली की जंग जीतते ही पूरा गांव रातों-रात बारात के स्वागत के जुगाड़ में जुट गया। झबरू को अंदाजा भी नहीं था कि जिस बिजली को उसने अपनी गन चार्ज करने के लिए सुधारा था, अब वही बिजली उसकी लाइफ का सबसे बड़ा इंटरगैलेक्टिक तमाशा बनने वाली थी।

11

गैलेक्टिक शादी

बिहार में गर्मी और शादियों का सीजन दोनों साथ आते हैं, और दोनों ही इंसान का पसीना निकाल देती हैं। फर्क बस इतना है कि गर्मी शरीर का पसीना निकालती है, और शादी का इंतज़ाम 'जेब' और 'जी' दोनों का। एक तरफ सूरज अपना आग उगल रहा होता है, तो दूसरी तरफ फूफाजी और बारातियों की फरमाइशें! इसी बीच जब पारा 45 डिग्री पार हो और ऐन मौके पर जनरेटर जवाब दे जाए, तब जो पसीना छूटता है, वो किसी 'इंटरगैलेक्टिक युद्ध' से कम नहीं होता है।

झबरू गांव की रग-रग से वाकिफ हो चुका था, लेकिन उसे क्या पता था कि उसका सामना जल्द ही ब्रह्मांड की सबसे कठिन परीक्षा से होने वाला है- 'बिहार की शादी'।

पिंकी के होने वाले ससुर, 'दरोगा बाबू', थोड़े आधुनिक मिजाज के थे। उन्होंने साफ़ कह दिया, "देखिये मुखिया जी, जमाना बदल गया है। हमको कैश नहीं चाहिए, पर हमको ऐसा 'साइलेंट जनरेटंर' चाहिए जो आवाज़ न करे और शादी के बीच में अगर बिजली कटी, तो हम सीधे मुख्यमंत्री को नहीं, बल्कि आपको फोन करेंगे!"

मुखिया जी का बीपी बढ़ गया। "अरे समधी साहेब! ऐसा जनरेटर तो 'नासा' के पास भी नहीं है, वो भी बीच-बीच में टॉर्च जलाकर काम चलाते हैं!"

चुलबुल ने झबरू की तरफ देखा, जो उस वक्त अपना एंटीना साफ़ कर रहा था। झबरू ने अपना गमछा झाड़ा और बड़े आत्मविश्वास के साथ बोला, "चिंता मत कीजिये मुखिया जी! ई शादी जमुई की नहीं, पूरी गैलेक्सी की सबसे हाई-टेक शादी होगी। हम अपनी 'क्वांटम बैटरी' लगा देंगे, बिजली क्या... पूरा गांव जुगनू की तरह चमकेगा!"

झबरू ने अपने स्पेसशिप के 'साइलेंट प्रोपल्शन इंजन' को उखाड़ा और उसे पंडाल के पीछे फिट कर दिया। शादी के दिन लाइट ऐसी जल रही थी जैसे पूर्णिमा का चाँद खुद मुखिया जी के आंगन में सोफे पर बैठ गया हो। लेकिन असली ड्रामा तब शुरू हुआ जब बारात आई।

बारात दरवाजे पर खड़ी थी, बैंड वाले का तार शॉर्ट हो गया और संगीत बंद! दूल्हे के फूफाजी मुंह फुलाकर बैठ गए, "बिना गाने के बारात नहीं चढ़ेगी!"

झबरू ने स्थिति संभाली। उसने अपनी आँखों से दो नीली लेजर हवा में छोड़ीं और हवा के मॉलिक्यूल्स को वाइब्रेट कर दिया। बिना किसी लाउडस्पीकर के, पूरे जमुई की फिजाओं में "लॉलीपॉप लागेलु" का डॉल्बी-साउंड गूँजने लगा। लोग हैरान थे कि गाना बज कहाँ से रहा है, पर पैर सबके खुद-ब-खुद थिरकने लगे।

पंडाल में 'लॉलीपॉप लागेलू' की धुन पर बाराती अभी झूम ही रहे थे कि तभी असली 'राष्ट्रीय संकट' खड़ा हो गया। पनीर खत्म!

दरअसल, बारात में कुछ ऐसे पनीर-प्रेमी आए थे जिन्होंने मटर-पनीर की सब्जी से मटर को फिल्टर करके सिर्फ पनीर का ही सफाया कर दिया था। हलवाई पसीने-पसीने होकर दौड़ता हुआ आया और मुखिया जी के कान में फुसफुसाया, "मुखिया जी, अनर्थ हो गया! बारात का तीसरा बैच अभी बैठा भी नहीं और कड़ाही में सिर्फ ग्रेवी बची है। इस वक्त पूरे जमुई में कहीं पनीर नहीं मिलेगा और अगर लड़के वालों को पता चला, तो वे बिना विदाई के ही लौट जाएंगे!"

मुखिया जी का चेहरा सफेद पड़ गया। उन्होंने चुलबुल को पास बुलाया और बोले, "चुलबुल! बेटा, इज्जत अब वेंटिलेटर पर है। कुछ करो!"

चुलबुल ने झबरू की तरफ देखा, जो उस वक्त एक बाराती को यह समझा रहा था कि उसका एंटीना 'फ्री वाई-फाई' नहीं देता है। चुलबुल ने उसे खींचकर किचन के पीछे ले जाकर सारी बात बताई। झबरू ने शांत भाव से अपनी 'मैटर-सिंथेसाइजर' मशीन निकाली और बोला, "चुलबुल भाई, घबराइये मत। हमारे यहाँ जब 'आयरन' कम पड़ता है, तो हम पत्थरों को पिघला लेते हैं। पनीर तो बहुत छोटी चीज है।"

झबरू ने चारों तरफ नजर दौड़ाई और कबाड़ में रखी दो बोरी आलू और एक पैकेट चूना देखा। उसने चुलबुल से कहा, "चुलबुल भाई, तनी ई आलू और चूना इधर लाइये। हम अभी इसके परमाणु संरचना को थोड़ा री-अरेंज करके इसे 'पनीर-ए-मिल्की-वे' में कन्वर्ट कर देते हैं।"

झबरू ने अपनी मशीन से एक सुनहरी किरण आलू की बोरी पर मारी। देखते ही देखते, आलू के सख्त दाने 'मखमली पनीर' के क्यूब्स में बदल गए। हलवाई तो अपनी आँखें मलता रह गया, उसे लगा कि उसने शायद ज्यादा भांग पी ली है।

जब वह गरमा-गरम 'गैलेक्टिक पनीर' बारातियों की थाली में पहुँचा, तो एक फूफाजी बोले, "वाह मुखिया जी! पनीर है कि मलाई? लग रहा है जैसे सीधे स्वर्ग के डेयरी से आया हो!"

दूल्हे के पिता दरोगा-बाबू झबरू के गले लग गए, "धन्य हैं आप एलियन बाबू! ऐसा जुगाड़ तो हमने अपने विभाग में भी नहीं देखा।"

झबरू ने अपने दोनों रसगुल्ले जैसे आँखों को गोल-गोल घुमाते जवाब दिया, "चाचा, दहेज में मशीन मत मांगिये, प्यार माँगिये। वरना अगली बार हम अपनी हवा में उड़ाने वाली गन चला देंगे, फिर आप बिना टिकट के मंगल ग्रह की सैर करेंगे!"

उस रात झबरू ने समझ लिया कि बिहार में रिश्ते कैसे निभाए जाते हैं। उसने अपनी लॉग-बुक में लिखा- "बिहार में रिश्ते विज्ञान से नहीं, बल्कि इंतजाम और इम्प्रेशन से बनते हैं। वस्तुतः इंसान प्यार का भूखा है, और बिहार का इंसान प्यार और पनीर दोनों का!"

12

हवा और हिसाब

चुनाव के ठीक दो दिन पहले जमुई के बाजार में सन्नाटा था, लेकिन सुगबुगाहट तेज थी। झबरू को लग रहा था कि उसने बिजली ला दी, हवा में ट्रैक्टर उड़ा दिया और आसमान से नाश्ता गिरा दिया, तो जीत पक्की है। लेकिन चुलबुल का चेहरा उतरा हुआ था।

"का हुआ चुलबुल ? तुम उदास काहे हो? हमारा ओपिनियन पोल तो कह रहा है कि हम जीत रहे हैं," झबरू ने अपने डिजिटल पैड पर ग्राफ दिखाते हुए कहा।

चुलबुल ने खैनी का डिब्बा बंद किया और बोला, "ई बिहार है बाबू! यहाँ हवा नहीं, हिसाब चलता है। झबरू भाई, आपका ग्राफ़ बाइनरी पर चलता है, और बिहार का वोटर अंतरात्मा पर। कल रात विनाश बाबू ने पूरे इलाके में संदेशा भिजवाया है कि आप एक मशीन हैं और मशीन का कोई धर्म या जात नहीं होता। लोग पूछ रहे हैं कि कल को अगर आपका तार जल गया, तो आप जनता को पहचानेंगे भी क्या?"

झबरू हैरान था। उसने सोचा था कि विकास ही सब कुछ है। उसे समझ नहीं आया कि उसकी परग्रही पहचान ही उसकी सबसे बड़ी कमजोरी बन जाएगी।

तभी गांव के सबसे बुजुर्ग और शातिर वोटर, 'बाबा कल्लू मढ़र', जो बिना दांत के भी गन्ना चबा लेते थे, चाय की दुकान पर बैठे मिले। उनके पास पांच-सात लोग और बैठे थे। मुखिया जी और झबरू वहां पहुँचे।

"परनाम बाबा! वोट झबरू बाबू को ही न जा रहा है?" मुखिया जी ने पूछा।

कल्लू बाबा ने अपनी धुंधली आँखों से झबरू को देखा और एक तीखा सवाल किया, "झबरू बाबू, आप कहते हैं कि आप बैकुंठ से आए हैं। ये बताइए, अगर हमारे गांव की बेटी की शादी हो और दहेज में लड़के वाले उड़ने वाला खटोला मांगें, तो क्या आप सबको दे पाएंगे? और अगर कल को आपकी गैलेक्सी से बुलावा आ गया, तो क्या आप हमें छोड़कर नहीं भागेंगे ? हम मशीन पर भरोसा कैसे करें?"

झबरू के पास कोई कोडिंग नहीं थी इसका जवाब देने के लिए। उसे समझ आया कि बिहार की जनता सिर्फ सुविधा नहीं, स्थायित्व और रिश्ता ढूंढती है।

तभी वहां विनाश बाबू आ धमके। उन्होंने एक पुराना अखबार दिखाया जिसमें झबरू के स्पेसशिप की फोटो थी। "देखिए भाइयों! ई झबरू नहीं, ई तो जासूस है! इसके जहाज में कैमरा लगा है जो हमारे घरों की गुप्त बातें रिकॉर्ड करके अपने ग्रह को भेज रहा है। ई हमको गुलाम बनाने आया है!"

भीड़ में फुसफुसाहट शुरू हो गई। लोग झबरू की तरफ शक की नजर से देखने लगे। झबरू को पहली बार महसूस हुआ कि राजनीति में सच्चाई से ज्यादा अफवाह की रफ्तार तेज होती है।

भीड़ हिंसक होने ही वाली थी कि तभी गाँव का एक लड़का रोता हुआ आया। "चुलबुल भैया! गनपत की गाय गहरे कुएं में गिर गई है! कोई उसे निकाल नहीं पा रहा है।"

विनाश बाबू पीछे हट गए, "अरे भाई, पुलिस को फोन करो, हम क्या करें ?"

लेकिन झबरू नहीं रुका। वह जानता था कि अगर वह यहाँ अपनी शक्ति नहीं दिखाएगा, तो वह सिर्फ एक विदेशी रह जाएगा। वह कुएं के पास पहुँचा। कुआं 60 फीट गहरा था। झबरू ने अपनी लेजर गन देखी, फिर अपना एंटी-ग्रेविटी बेल्ट। उसने अपनी सुरक्षा की परवाह किए बिना कुएं में छलांग लगा दी।

अंदर अंधेरा था और जहरीली गैसें थीं। झबरू के सेंसर चिल्ला रहे थे- "Warning: System Failure!" लेकिन उसने अपनी ऊर्जा की आखिरी बूंद का इस्तेमाल किया और गाय को अपनी मैग्नेटिक बाहों में उठाकर धीरे-धीरे ऊपर ले आया।

जब वह बाहर निकला, तो उसकी हरी चमड़ी काली पड़ चुकी थी और उसके एंटीने से धुआं निकल रहा था। वह लड़खड़ाकर जमीन पर गिर गया। उसकी बैटरी 1% पर थी।

बाबा आगे आए। उन्होंने झबरू के चेहरे से राख पोंछी। "बाबू, तुम मशीन हो सकते हो, लेकिन तुम्हारा कलेजा हम इंसानों से भी बड़ा है। विनाश बाबू कह रहे थे कि तुम जासूस हो, लेकिन जासूस अपनी जान जोखिम में नहीं डालता।"

पूरे गांव का माहौल बदल गया। लोगों ने देख लिया था कि झबरू सिर्फ भाषण नहीं दे रहा, बल्कि उसने इस गाय की जान बचाने के लिए खुद को दांव पर लगा दिया है।

मढ़र बाबा ने खैनी ठोकते हुए विनाश बाबू की तरफ देखा और कहा, "विनाश बाबू! आप सालों से यहाँ हैं, लेकिन कभी कुएं में झांकने भी नहीं आए। ई हरा लड़का झबरू! आज से हमारा अपना है। अब हवा नहीं, अब लहर चलेगी!"

झबरू की आँखों से एक डिजिटल आंसू टपका। उसने समझ लिया था कि चुनाव जीतने के लिए सिर्फ तकनीक की नहीं, तटस्थता और त्याग की भी जरूरत होती है।

द फिनाले

सारी कूटनीति, जुगाड़ और दांव-पेच अब अपने आखिरी पड़ाव पर हैं। जब जमुई की धरती पर ब्रह्मांड का सबसे बड़ा फैसला होने जा रहा हो, तब जीत तकनीक की होगी, राजनीति की होगी, या फिर उस अटूट देसी भरोसे की, जो नामुमकिन को भी मुमकिन बना देता है? वक़्त आ गया है आखिरी और निर्णायक मुकाबले का।

13

षड्यंत्र और स्पेस वॉर

पूरा जमुई 'झबरू लहर' में डूबा हुआ था, लेकिन राजनीति की बिसात पर एक खतरनाक चाल चली जा चुकी थी। विनाश बाबू इतनी आसानी से हार मानने वाले नहीं थे। उन्होंने एक ऐसा कदम उठाया जो किसी ने सोचा न था। विनाश बाबू ने झबरू के स्पेसशिप से गिरे एक टूटे हुए कम्युनिकेशन डिवाइस के जरिए ज़ोग-पुर के सम्राट से गुप्त संपर्क साध लिया था।

विनाश बाबू ने संदेश भेजा- "हुजूर! आपका भगोड़ा झबरू यहाँ बिहार की राजनीति हड़प रहा है। वो आपके ग्रह के 'फॉर्मूले' को यहाँ के आम लोगों में बाँट रहा है। अभी हमला कीजिये, मैं नीचे से आपकी मदद करूँगा!"

चुनाव के नतीजों का दिन था। पूरे जमुई में सन्नाटा था, लेकिन आसमान में हलचल शुरू हो गई।

अचानक दोपहर के समय जमुई का आसमान काला पड़ गया। झबरू अभी मतगणना केंद्र पहुँचा ही था कि उसके एंटीने खतरे का सिग्नल देने लगे। बादलों के बीच से तीन विशाल ज़ोग-पुर वॉरशिप निकले, जो दिखने में किसी डरावनी मकड़ी जैसे थे। पूरे जिले में सायरन बजने लगा।

अचानक दोपहर के समय जमुई का आसमान स्याह पड़ गया। बादलों को चीरते हुए ज़ोग-पुर के तीन विशाल जंगी जहाज निकले। वे

दिखने में किसी डरावनी मकड़ी जैसे थे और उनसे निकलने वाली नीली लाइटें जमीन को झुलसा रही थीं। वे झबरू को लेने नहीं, बल्कि उसे 'गद्दार' घोषित कर धरती को तबाह करने आए थे क्योंकि झबरू ने वहां की गुप्त रेसिपी लीक कर दी थी।

विनाश बाबू तुरंत मंच पर चढ़े और चिल्लाए, "देख लिया भाइयों! हम बोले थे न कि ई झबरू पनौती है! इसके चक्कर में अब हमारी धरती पर बम गिरेंगे। मारो इसको!"

भीड़ भड़कने ही वाली थी कि तभी झबरू ने माइक संभाला। उसने अपना चश्मा उतारा और विनाश बाबू की आँखों में देखते हुए दहाड़ा, "विनाश बाबू! आप अपनी गद्दी बचाने के लिए पूरे बिहार को दांव पर लगा दिए? आपने जोगपुर-सम्राट जैसे एलियन से हाथ मिलाया? याद रखियेगा, ई बिहार की मिट्टी गद्दारों को कभी माफ नहीं करती! सजा बाद में मिलती है, पहले उनका हुक्का-पानी और आधार कार्ड ब्लॉक किया जाता है!"

इतना सुनते ही भीड़ का रुख बदल गया। भीड़ का गुस्सा झबरू से हटकर विनाश बाबू की तरफ मुड़ गया। लोग विनाश बाबू की तरफ पत्थर लेकर दौड़े। झबरू ने चुलबुल की तरफ देखा, "चुलबुल! ऑपरेशन 'सत्तू-पावर' शुरू करो!"

पूरे इलाके में हड़कंप मच गया। लोग चिल्लाने लगे, "अरे बाप रे! ई तो असली वाला युद्ध शुरू हो गया!"

झबरू भागा नहीं। उसने चुलबुल से कहा, "चुलबुल! ये युद्ध सिर्फ लेजर से नहीं, दिमाग से जीता जाएगा।"

विनाश बाबू अपने गुंडों के साथ छिपने लगे, लेकिन चुलबुल और मुखिया जी झबरू के साथ डटे रहे। झबरू ने अपना कुर्ता उतारा, कमर पर गमछा बांधा और चिल्लाया, "चुलबुल! मेरा स्पेसशिप लाओ, और उसमें 'देसी मिसाइल' लोड करो!"

चुलबुल ने रातों-रात यान की लेजर गन में गोबर गैस और लौंगिया मिर्च का अचार मिक्स करके एक घातक कॉकटेल बनाया था। यह शुद्ध देसी मिसाइल थी।

झबरू अपने यान में कूदा। चुलबुल ने गांव के लड़कों की एक 'साइबर फौज' तैयार की थी। उन्होंने झबरू के यान को गांव के 'टावर' से कनेक्ट कर दिया था। चुलबुल ने गांव के मंदिर और मस्जिद के लाउडस्पीकरों को यान के ट्रांसमीटर से जोड़ दिया था। जैसे ही एलियन कमांडर ने रोबोटिक आवाज में कहा- "झबरू, सरेंडर करो!"

झबरू ने जवाब दिया: "अरे चुप रहिए न महाराज! आप अपनी गैलेक्सी के डॉन होंगे, यहाँ जमुई में तो कुत्ता भी शेर ही है। आप तो बिना वीजा के आए हैं, पहले ई बताइए कि कस्टम ड्यूटी भरिएगा कि सीधे हवाला करवा दें?"

इतना कहते ही झबरू ने 'पवन साउंड वेव' एक्टिवेट कर दी। यान से हाई-बेस वाले भोजपुरी गाने ऐसी फ्रीक्वेंसी पर बजने लगे कि एलियन जहाजों के नट-बोल्ट ढीले होकर गिरने लगे।

जैसे ही ज़ोग-पुर के जहाजों ने लेजर छोड़ी, झबरू ने अपना यान हवा में उड़ाया। ज़ोग-पुर के जहाजों ने 'बम' गिराए, झबरू ने अपने यान से 'चिलि-स्मोक' रिलीज किया। जमुई के कोल्ड स्टोरेज से पांच ट्रक लाल मिर्च मंगवाकर उसे यान के एग्जॉस्ट में डाल दिया गया था।

आसमान में महाकुंभ जैसा नजारा था। एक तरफ एलियंस की नीली लेजर, दूसरी तरफ झबरू के यान से निकलने वाला तीखा लाल धुआं। जैसे ही धुआं एलियन जहाजों के एयर-फिल्टर में घुसा, ऊपर से छींकने की आवाजें आने लगीं।

झबरू ने रेडियो पर चिल्लाकर कहा, "का हो ज़ोग-पुर वाला भाई लोग! मिर्च का तड़का कैसा लगा? अभी तो 'तेल और नमक' डालना बाकी है!"

झबरू ने माइक्रोफोन पर दहाड़ लगाई, "ई बिहार है चचा! यहाँ घुसना आसान है, निकलना नहीं!"

झबरू के यान से 'मिर्च-बम' छूटे। जैसे ही तीखी लाल मिर्च का धुआं एलियन जहाजों के वेंटिलेशन सिस्टम में घुसा, वहां के एलियंस को ऐसी छींक आनी शुरू हुई कि उनके पायलटों ने कंट्रोल खो दिया। जंगी जहाज आसमान में ऐसे लड़खड़ाने लगे जैसे शराब पीकर साइकिल चला रहे हों।

तभी चुलबुल ने नीचे से अपनी देसी कट्टा टीम के साथ पटाखे छोड़े। आसमान में ऐसा लगा जैसे महाकुंभ का मेला लगा हो- लाइट्स, धुआं और चारों तरफ जयकारे! झबरू ने अंतिम प्रहार किया और ज़ोग-पुर के कमांडर को अपनी भाषा में समझाया, "अगर वापस नहीं गए, तो तुम सबको यहीं 'मनरेगा' के काम में लगवा देंगे!"

तभी गांव के एक बूढ़े काका ने अपनी लाठी लहराई और चिल्लाए, "ए झबरू बबुआ! तनी ई उड़े वाला डिब्बा को नीचे लाओ तो, हम अपनी लाठी से इसका 'एंटीना' सीधा कर देते हैं। बहुत ऊपर उड़ रहा है!"

झबरू ने मुस्कुराते हुए अपना अंतिम हथियार निकाला- 'गोबर-गैस टर्बो मिसाइल'। उसने यान के पिछले हिस्से से कंप्रेस किया हुआ जैविक कचरा सीधे मुख्य वॉरशिप के इंजन में दाग दिया। एलियंस के कंप्यूटर ने इसे अज्ञात जैविक हमला समझा और उनका पूरा सिस्टम हैंग हो गया।

झबरू ने अपना यान, वॉरशिप के ठीक सामने खड़ा किया और अंतिम डायलॉग बोला: "हमारे यहाँ कहावत है- एक बिहारी, सौ पर भारी। और हम तो देसी-एलियन हैं, हम तो पूरी आकाशगंगा पर भारी पड़ेंगे। चलिए, अब पैक-अप कीजिये और ब्लैक होल का रास्ता पकड़िये!"

एक ज़ोरदार धमाका हुआ और ज़ोग-पुर के डरे हुए एलियन अपना जहाज मोड़कर ब्लैक होल की तरफ भाग खड़े हुए। आसमान से धुएं के बजाय अब गुलाल और फूलों की बारिश हो रही थी। मैदान में खड़े हजारों लोग चिल्ला रहे थे- "जिया हो झबरू लाल!"

विनाश बाबू को पुलिस घसीटते हुए ले गई। झबरू जमीन पर उतरा, उसके कुर्ते पर धूल थी लेकिन आँखों में चमक। उसने देख लिया था कि बिहार की जनता ने उसे स्वीकार कर लिया है।

पूरा आकाश गुलाल और पटाखों की रोशनी से भर गया, जैसे महाकुंभ का आखिरी स्नान हो।

14

खुलासा

युद्ध खत्म हुआ। शाम तक चुनाव के नतीजे भी आ गए थे। झबरू 99% वोटों से जीत चुका था। पूरे जिले में गुलाल उड़ रहा था। लेकिन झबरू के चेहरे पर एक उदासी थी।

मुखिया जी और चुलबुल के पास झबरू खड़ा था। चुलबुल की आँखों में आंसू थे। "झबरू भाई, जीत तो गए, अब शपथ ग्रहण .."

मतगणना केंद्र के बाहर अब सन्नाटा था, लेकिन झबरू के यान से एक अजीब सी 'लाल रोशनी' टिमटिमा रही थी। चुलबुल ने कौतूहलवश यान के 'ब्लैक बॉक्स' को अपने स्मार्ट गमछे से डिकोड किया, तो उसके पैरों तले जमीन खिसक गई।

झबरू ने चुलबुल के गले लगकर कहा, "चुलबुल भाई, चुनाव हम जीत गए, लेकिन दिल हम हार गए। अगर हम यहाँ रहे, तो हमारे ग्रह के लोग बार-बार हमला करेंगे और इस सुंदर बिहार को बर्बाद कर देंगे। हमें जाना होगा ताकि तुम लोग सुरक्षित रहो।"

झबरू के जाने से पहले, जीत के जश्न के बीच, चुलबुल ने झबरू के यान के एक गुप्त 'ब्लैक बॉक्स' को डिकोड कर लिया था । जब उसने डेटा देखा, तो उसके होश उड़ गए।

झबरू, जिसे पूरा गांव अपना मसीहा मान रहा था,, असल में ज़ोग-पुर का कमांडर मिशन हड़प-1 था। उसका असली मकसद बिहार की उपजाऊ जमीन पर कब्ज़ा और यहाँ के जुगाड़ वाले दिमागों को अपने

चक्कर में लाकर अपनी गैलेक्सी ले जाना था।

चुलबुल ने झबरू को अकेले में बुलाया और वो डेटा पैड उसके सामने पटक दिया। "का हो झबरू भाई? आप तो निकले 'हड़पनी'! हमको गुलाम बनाने आए थे? आप तो लगातार अपने जोगपुर महाराज के संपर्क में थे तो ... ई सब का नाटक काहे किये ? "

चुलबुल की बात सुनकर झबरू के चेहरे का हरा रंग थोड़ा और फीका पड़ गया। उसने घबराकर अपने दोनों एंटीना को चारों तरफ घुमाया, जैसे वह कोई इमरजेंसी एग्जिट ढूंढ रहा हो।

चुलबुल ने अपनी आँखें तरेरते हुए आगे कहा, "का हो झबरू भाई, बोलती काहे बंद है? अगर यह डेटा पैड हम ले जाकर खैरा थाना के दरोगा जी को दिखा दें न, तो बिना पासपोर्ट-वीजा के सीधे हवालात की सैर करोगे। वहाँ जेल की जो रोटी मिलेगी, उसे चबाते-चबाते आपके सारे गियर ढीले हो जाएंगे!"

झबरू पहले तो सकपकाया, फिर उसने अपना गमछा सीधा किया और एक लंबी ठंडी सांस ली। "देखिये चुलबुल भाई, सच तो यही है। हम आए थे हड़पने ही। हमारे सम्राट ने बोला था कि उस इलाके को हड़प लो जहाँ के लोग बिना बिजली के भी खुश रहते हैं। हमको लगा कि यहाँ के लोग भोले होंगे, दो लेजर दिखाएंगे और सब डर जाएंगे, लेकिन प्लान थोडा चेंज हो गया "

झबरू मुस्कुराया और आगे बोला, "लेकिन बिहार में लैंड करते ही पहला दांव उल्टा पड़ गया। हमारे जहाज को कड़ाही समझ लिया गया, हमरी गन से पकौड़ा तलने लगे, और हमारे एंटीना पर मुखिया जी ने फूल का माला टांग दिया। जब तक हम कुछ समझ पाते, तब तक हमको 'लिट्टी-चोखा' का चस्का लग गया।"

झबरू ने भावुक होकर कहा, "हड़पने तो हम सच में आए थे चुलबुल, लेकिन यहाँ की बकैती, यहाँ का प्रेम और यहाँ की राजनीति ने हमको ही हड़प लिया। हम भूल ही गए कि हम ज़ोग-पुर के कमांडर हैं, हमको तो ये लगने लगा कि हम यहाँ के फूफाजी हैं। अब बताओ, जो आदमी एक बार सत्तू पी ले, वो किसी को गुलाम क्या बनाएगा ? वो तो खुद ही सत्तू का गुलाम हो जाता है!"

झबरू ने अपनी बात को थोड़ा और विस्तार देते हुए कहा, "हमारे ज़ोग-पुर के महाराज को लगता था कि अंतरिक्ष में सिर्फ उनका ही राज चलेगा। उन्होंने अपनी फाइलों में लिख रखा था कि पृथ्वी के लोग बहुत सीधे हैं। उन्हें क्या पता कि यहाँ के लोग 'सिस्टम' से भले ही परेशान हों, लेकिन जब बात बाहरी खतरे की आती है, तो यहाँ का हर बच्चा अपने आप में एक 'सुपर-कंप्यूटर' बन जाता है। यहाँ आकर मुझे समझ आया कि असली 'इंटेलीजेंस' डेटा में नहीं, बल्कि यहाँ के लोगों की रगों में बहती है।"

चुलबुल हंस पड़ा और उसने झबरू के कंधे पर हाथ रखा। "झबरू भाई, ई बिहार है। यहाँ सिकंदर भी आया था हड़पने, लेकिन उसे भी खाली हाथ जाना पड़ा। आप तो खैर अपनों में गिने गए, इसीलिए बच गए!"

15

विदाई और विरासत

भले ही झबरू एक मिशन पर आया था, लेकिन उसके कामों ने- चाहे वो बिजली लाना हो, या कुएं से गाय बचाना- सबको उसका मुरीद बना दिया था। जब गांव वालों को पता चला कि उसे वापस जाना है, तो पूरे गाँव में ऐसा सन्नाटा छा गया जैसे किसी अपने की विदाई हो।

पूरे गांव ने झबरू के लिए एक भव्य विदाई दावत रखी।

मुखिया जी ने आगे बढ़कर उसे एक 'चांदी का गमछा' भेंट किया और भारी गले से कहा, "बाबू, वहां जाके हमको भूल मत जाना। और सुनिए, अगर वहां आपकी गैलेक्सी में कोई करप्शन करे, तो सीधे हमारा नाम ले लीजियेगा!"

तभी चुलबुल आया और उसने दो बोरी सत्तू, एक डिब्बा मिर्च का तीखा अचार और अपना वही पुराना खादी का कुर्ता झबरू के हाथों में थमा दिया। झबरू ने इन सारी सौगातों को अपने सीने से लगा लिया। वह इन देसी उपहारों को लेकर अपने यान में जा बैठा।

जैसे ही यान ऊपर उठा, झबरू ने अंतिम बार खिड़की से झाँका और पूरे जोश में भोजपुरी में चिल्लाया: "जिया हो बिहार के लाला! हम फिर आएंगे!"

झबरू के यान ने जमीन छोड़ी और देखते ही देखते वह जमुई के बरगद के पेड़ों से भी ऊंचा उठ गया। नीचे खड़ा पूरा गांव हाथ हिला रहा था- किसी की आँखों में आंसू थे, तो कोई अपनी लाठी हवा में लहराकर

विदा कह रहा था। झबरू ने यान की खिड़की से अंतिम बार नीचे देखा; उसे अपने बैंगन के खेत की वो मिट्टी, मुखिया जी का पीला गमछा और चुलबुल का वो मुस्कुराता चेहरा धुंधला सा दिखने लगा।

अचानक, यान के हाइपर-ड्राइव इंजन ने एक ऐसी गूँज पैदा की जैसे हज़ारों शंख एक साथ बज उठे हों। रात के काले आसमान के सीने को चीरती हुई एक मखमली नीली लकीर खिंची, जो खैरा गांव से शुरू होकर अनंत ब्रह्मांड के किसी अनजाने छोर तक चली गई। वह लकीर केवल रोशनी नहीं थी, वह झबरू के 'बिहारी' बनने का पक्का प्रमाण थी।

अगले ही पल झबरू का यान प्रकाश की गति को पार करते हुए ओझल हो गया। जमुई के आसमान में सिर्फ तारों की एक चादर बाकी रह गई, लेकिन वहां की हवा में अभी भी उस सत्तू और अचार की खुशबू घुली हुई थी जो झबरू अपने साथ 'ज़ोग-पुर' ले गया था। चुलबुल ने गर्दन उठाकर उस खाली आसमान को देखा और बुदबुदाया- "जा तो रहे हो झबरू भाई, पर याद रखना... वहाँ लिट्टी नहीं मिलेगी!"

इस घटना के कुछ महीनों बाद, जब जमुई के चौक पर सूरज की पहली किरण पड़ी, तो पूरे गांव की भीड़ वहां जमा थी। झबरू की याद में आज एक भव्य अनावरण हुआ। गांव के बीचों-बीच झबरू की एक आदमकद मूर्ति लगाई गई थी। यह मूर्ति न तो पत्थर की थी और न ही मिट्टी की; यह झबरू के यान से निकली उसी रहस्यमयी धातु की बनी थी जो रात के अंधेरे में भी मंद-मंद नीली रोशनी छोड़ती थी। मूर्ति के एक हाथ में वही 'लेजर गन' थी जिससे उसने गांव का दिल जीता था, और दूसरे में 'सत्तू का लोटा'- जो इस बात का प्रतीक था कि ज्ञान भले ही ब्रह्मांड का हो, पर स्वाद हमेशा मिट्टी का ही रहेगा।

समय का पहिया घूमा और अगले पंचायत चुनाव में चुलबुल अब केवल एक जुगाड़ू लड़का नहीं रह गया था। झबरू की छोड़ी हुई विरासत और जनता के भारी समर्थन से वह जमुई का नया जन-प्रतिनिधि बन चुका था। उसने झबरू के यान से मिले छोटे-छोटे प्रोसेसर का इस्तेमाल करके पूरे गांव की तस्वीर बदल दी थी। अब खैरापुर गांव के खेतों में हल बैलों से नहीं, बल्कि मैग्नेटिक सेंसर से चलते थे। गांव की औरतों को पानी के लिए दूर नहीं जाना पड़ता था क्योंकि झबरू का छोड़ा हुआ

'एटमॉस्फेरिक एक्सट्रैक्टर' हवा से शुद्ध गंगाजल बना रहा था।

लेकिन विकास के इस शोर के बीच, झबरू की यादें लोगों के दिलों में बसी थीं। आज भी, जब कभी जमुई में अचानक बिजली आ जाती है और वोल्टेज इतना हाई होता है कि घर का पंखा हेलीकॉप्टर बनने की कोशिश करने लगता है, तो गांव के बुजुर्ग खैनी ठोकते हुए मुस्कुरा कर कहते हैं- "*लगता है झबरू बाबू ऊपर 'ज़ोग-पुर' में सत्तू पीकर टाइट हो गए हैं और वहीं से मेन स्विच ऑन कर दिए हैं!*"

आते-जाते कुछ और बातें!

प्रिय पाठक,

उम्मीद है कि 'झबरू' और 'चुलबुल' के इस अनोखे सफर ने आपके चेहरे पर मुस्कान बिखेरी होगी। **ब्रह्मांड के फूफाजी: फ्रॉम जमुई टू जुपिटर** की कल्पना तब शुरू हुई थी जब मैंने सोचा कि दुनिया की सबसे जटिल तकनीक का सामना अगर बिहार के सबसे सरल और शातिर 'जुगाड़' से हो जाए, तो क्या होगा? एक लेखक के तौर पर, मेरे लिए यह शब्दों का ताना-बाना नहीं था, बल्कि अपनी जड़ों की ओर लौटने का एक बहाना था। यदि इस कहानी ने आपको अपनी जड़ों पर गर्व करने का एक भी मौका दिया, तो मैं अपने श्रम को सफल मानूँगा।

एक सॉफ्टवेयर डेवलपर होने के नाते मेरा नाता रोज़ाना 0 और 1 की कोडिंग और कंप्यूटर स्क्रीन के बीच बीतता है, लेकिन एक देसी होने के नाते मेरा दिल आज भी गाँव की धूल भरी गलियों, आम के बगीचों और नदी-पोखरों के शांत घाटों पर ही बसता है। झबरू के माध्यम से मैंने यही दिखाने की कोशिश की है कि विज्ञान चाहे प्रकाश की गति को पार कर जाए, लेकिन मानवीय संवेदनाएं, प्रेम और एक लोटा सत्तू का स्वाद ही वह असली पावर है जो ब्रह्मांड के किसी भी कोने को अपना बना सकती है।

अगर झबरू की इस दास्तां ने आपके दिल को छुआ है, तो अपनी प्रतिक्रिया साझा करना न भूलें। आपकी समीक्षा एक लेखक के लिए सत्तू की तरह ऊर्जा देने वाली होती है।

लेखक की डायरी से: एक नया सफर...

एक कोडर के तौर पर जब मैं मशीनों की भाषा को देखता हूँ, तो मुझे लगता है कि हम इंसान भी तो किसी अदृश्य सॉफ्टवेयर की तरह ही काम करते हैं। हमारा पुराना पछतावा एक 'मेमोरी लीक' की तरह हमारे वर्तमान को भारी कर देता है और हमारे अकेलेपन का कोई

'सिंटैक्स' नहीं होता। इसी विचार के साथ, मैं आपके लिए लेकर आया हूँ हिंदी साहित्य की एक बिल्कुल अनूठी और पहली टेक्नो-फिलोसोफिकल साइ-फाई त्रयी -

सीरीज़: अक्स का एल्गोरिदम (Aks Ka Algorithm)
तकनीक, दर्शन और वज़ूद की एक अनोखी ट्रिलॉजी

क्या होगा जब हमारे वजूद का 'सोर्स कोड' ही करप्ट हो जाए? क्या इंसान की रूह को किसी बाइनरी कोड (0 और 1) में बांधा जा सकता है?

यह महागाथा है तीन ऐसे किरदारों की- एक खगोल-वैज्ञानिक (प्रोफेसर माथुर), एक सॉफ्टवेयर कोडर (समर) और एक युवा कवि (आर्यन) की। यह सफ़र आधुनिक शहर की चमचमाती वेधशाला से शुरू होकर, सूने हाईवे के ढाबों से गुज़रता हुआ, पहाड़ों के बीच छिपी एक ऐसी रहस्यमयी बस्ती पर आकर ठहरता है जहाँ समय रुक गया है और यादें साक्षात रूप लेकर गलियों में घूम रही हैं।

यह माइंड-बेंडिंग ट्रिलॉजी अमेज़ॅन किंडल पर उपलब्ध है:

- पुस्तक 1: **कॉस्मिक ग्लिच: Error 404** (शहर की वेधशाला, द फर्स्ट इनपुट और AI जज के न्याय का भ्रम)
- पुस्तक 2: **सिस्टम शटडाउन: Null Pointer Exception** (धूल भरे रास्तों की यायावरी और यादों का क्रैश)
- पुस्तक 3: **मेमोरी लीक: The Infinite Loop** (पहाड़ी बस्ती का रहस्य, मुक्ति और मौन का रीबूट)

यदि आप 'इन्सेप्शन' या 'ब्लैक मिरर' जैसी अनसुलझी कहानियों और इंसानी जज़्बातों के गहरे टकराव के शौकीन हैं, तो आज ही अमेज़ॅन (Amazon.in) पर सर्च करें - **'Aks Ka Algorithm'** और इस नए सफर का हिस्सा बनें।

अस्वीकरण : इस उपन्यास के सभी पात्र, घटनाएँ और मुखियाजी, 'विनाश बाबू' या 'खूंखार सिंह' जैसे लंपट और अतरंगी किरदार पूरी तरह से लेखक की कल्पना की उपज हैं। जमुई, खैरा और रॉयल राजा बाज़ार जैसे वास्तविक स्थानों के नामों का उपयोग केवल कहानी को एक देसी रूह और वास्तविकता का पुट देने के लिए किया गया है। लेखक का उद्‌देश्य किसी भी जीवित या मृत व्यक्ति, समुदाय, जाति, धर्म या प्रशासनिक विभाग की भावनाओं को ठेस पहुँचाना या उनका अपमान करना बिल्कुल नहीं है। इस कहानी का एकमात्र उद्‌देश्य सत्तू, तकनीक और 'बिहारी जुगाड़' के ताने-बाने से पाठकों का मनोरंजन करना है।

www.ingramcontent.com/pod-product-compliance
Lightning Source LLC
LaVergne TN
LVHW090331210926
848480LV00004B/1374